KB113597

아무튼, 망원동

아무튼, 망원동

김민섭

S와 J에게 감사를 전하며

차례

프롤로그

망원동과 성산동 그리고 상암동의 어느 경계지역에서 나는 나고 자랐다. 정확한 주소지는 성산1동이었지만, 이전에는 성미산자락이었을 큰 내리막길을 따라 조금만 걸으면 곧 망원동과 상암동이 나타났다. 세 국가의 국경지대 같았다고 할까. 어린 나는 그곳을 여권도 없이 자유롭게 넘나들었다.

스무 살 이후로 다른 지역 사람들에게 내 고향이 어디인지를 설명해야 할 일이 많았다. 그런데 2000년대 초반만 해도 성산, 망원, 상암은 사람들에게 익숙한 지명이 아니었다. 그래서 내가 성산동, 망원동, 상암동을 차례로 열거하다가 월드컵 경기장을 짓는 곳이라고 하면 "아, 거기. 근데 거기가 어디죠?" 하고 다시 묻는 식이었다. 나는 그런 피곤함을 덜기 위해서 언젠가부터 '홍대입구'를 내 고향으로 소개하기 시작했다. 어쩌면 홍대-신촌-이대를 잇는 거리에서 십대 학창시절을 보냈음을 과시하고 싶었는지도 모르겠다.

홍익대학교 정문 5분 거리에 있는 산부인과에서 태어났으니, 홍대입구가 고향이라고 해도 아주 틀린 말은 아니었다. 홍대 정문을 따라 내려오면 보이는

'김영택 산부인과'라는 허름한 2층짜리 병원은 참 오래도 그 자리에 있었다. 바로 맞은편에는 '청기와 예식장'이 있어서 '나중에 저기서 결혼하면 좋겠다'고 상상의 나래를 펴기도 했다. 고등학생이 되어 아침마다 131번 종점에서(지금은 271번으로 바뀐 버스의 종점이 한강문고 자리에 있었다.) 버스를 타고 합정동과 신촌을 거쳐 등교할 때도 김영택 산부인과는 그 자리에 있었다. 물론 지금은 카페가 들어섰다. 지역 유지가 경영한다던 결혼식장은 아직 그럭저럭 운영되는 것 같지만, 나는 거기에서 결혼하지 않았다.

'309동1201호'라는 익명으로 첫 책 『나는 지방대 시간강사다』를 내면서 책날개에 들어가는 작가 소개에도 "1983년, 서울 홍대입구 근처에서 태어났다."라고 썼다. 대학원과 시간강사 시절의 이야기를 담은 책인데, 사람들은 그 내용을 두고 '내부 고발' 혹은 '폭로'라고도 말한다. 지금도 나를 내부 고발자로 기억하는 이들이 많다. 딱히 그런 거창하고 정의로운 일을 한 것도 아니었지만, 책에 굳이 실명을 쓰고 싶지 않았다. 그래서 내가 이십대 중반부터 7년 동안 청춘을 보낸 원룸 주소가 내 첫 책의 필명이 되었고, 어린 시절을 살아낸 거리 이름이 작가 소개의 첫

줄이 되었다. 결국 그 책으로 인해 내가 몸담았던 대학에서는 나왔지만, 홍대입구라는 공간은 나를 이 세상에 알맞은 온도로 소개해주었다.

어쩌면 이 책의 제목은 '안녕, 성산동' 혹은 '안녕, 성미산'이 되어야 더 알맞을지 모르겠다. 성미산을 깎아내고 지은 것이 분명한 서쪽 자락에서, 나는 오래 살았다. 하지만 성산동보다는 망원동에서의 기억이 더 많다. 지금도 그렇지만 성산동은 대개 주택가여서 망원동과의 경계지역을 넘어서야 즐길 만한 것들이 나타났다. 그때도 망원동으로 가야 떡꼬치와 김말이를 파는 분식집이 있었다. (내가 주로 성산동의 외곽에서 살았기 때문이기도 하다.) 어머니는 집 근처에 마포구청이 있으니 이런저런 유해한 가게들이 없는 모양이라며 좋아했지만, 그런 이유로 성산동은 그만큼 조용하고, 재미없고, 말하자면 특색 없는 동네였다.

이 책에 등장하는 '망원동'은 내 어린 시절의 기억에 따라 확장된 공간이다. 한강 망원지구 유수지부터 성미산까지, 그리고 난지도와 홍대입구를 가로지르는 교차점까지를 종과 횡으로 담아내보려 한다.

성산동, 망원동, 상암동, 서교동의 일부가 조금씩 모두 겹치는 모양이다. 그래서 여러 동의 이름이 혼재해 나타나기도 하는데, 그것은 기억에 따라 재편되거나 의도된 것들이다. 이 글은 성미산 서쪽 자락에서 자란 어느 83년생의 자기 공간에 대한 서사이다. 단순히 행정구역과 지도의 선으로 구획된 지명을 넘어, 동네와 동네를 넘나들며 성장한 어린 나의 모습을 추적해보고 싶다. 특히 망원동과 성산동이라는 1990년대 대한민국의 가장 평범한 공간이 어떠했는가를 소소히 적어보려 한다. 스무 살 이후 멀어졌다가 서른다섯이 되어 돌아와 다른 보폭으로 걷는 이 도시의 풍경이 어떻게 다가올지도 궁금하다.

얼마 전 늦은 밤, 성미산 중턱에서 성서초등학교 후문 너머의 야경을 바라보며 내가 알던 망원동에 작별을 고해야 할 때가 왔음을 알았다. 한 달에 관리비만 수십만 원이 넘는다는 주상복합아파트 사이에 흐릿한 달이 걸려 있었다. 그 모습은 2020년에나 온다던 '미래도시'를 연상케 했다. 서른이 훌쩍 넘어 다시 돌아온 고향에, 나는 "안녕?" 하고 인사를 건넨다. 그러나 "안녕히…."라는 인사는 아직 입안에서만 맴돈다. 아마 망원동뿐 아니라 우리가 나고 자란 '고향'들이 대개 그러할 것이다. 남아 있는 것에 대한 반가움과 애잔함, 변하거나 지나간 것에 대한 그리움과 아쉬움, 그러한 감정들을 이 책에 눌러 담는다.

2017년

— 망리단길의 유리가 가린 간판들

#1

이 책을 쓰겠다고 친구들과 함께 여름내 성산동과 망원동 일대를 열심히 돌아다녔다. 성미산을 오르고 망원시장을 탐방하고 유수지까지 걸었다. 그러는 동안 S는 사진 촬영을, J는 잔소리를 담당했다. 어느 더운 날, 나는 '망리단길'을 걷다가 "여기 가게들은 간판만 보고는 대체 무엇을 파는 덴지 알 수가 없어." 하고 말했다. '달고나'라는 식당에서 냉면을 먹고 나온 참이었다. 거기만 해도 만물상인지 분식집인지 가게 이름만으로는 도무지 알 수가 없었다. S와 J도 내 말에 공감하면서, 아예 간판이 없거나 픽토그램으로 대체한 곳도 많다고 덧붙였다. 나는 손가락으로 '유리 가가린'이라는 간판을 가리켰다. 전면이 유리벽으로 된 가게였다. 나는 '유리가' 거리를 비추는 모습을 오히려 내부를 '가린' 것으로 표현한 것 같다고, 요즘 망원동은 이렇게 간판 하나를 읽어내는 데도 관찰이 필요하다고 진지하게 분석했다. 그러자 J가 내게 "저기 간판에 우주인 그림 안 보여요?" 하고 물었다. S는 사진기를 들고 멍하니 서서는 '뭐 저런 게 다 있나.' 하는 표정으로 나를 바라보았다.

'유리 가가린'이라는 인류 최초의 우주 비행사

가 있었다고 한다. (1961년 보스토크 1호를 타고 인류 최초로 우주 비행에 성공한 사람이었단다.) 나는 S와 J에게 "여기 망원동 길을 막고 물어봐라, 유리 가가린을 아는 사람이 몇이나 되는지!" 하고 말했지만, 그들은 "응, 아냐. 이건 초등학생 수준의 교양이고 상식이야." 하고 단호하게 답했다. 시무룩해진 나는 "인류 최초의 우주 비행사가 여자였구나."라고 혼잣말을 했는데, J가 그것을 놓치지 않았다. "여자? 유리 가가린이 여자라고요?" 나는 "유리…, 여자 이름…." 하고 얼버무렸다가 다시 한번 치욕을 당했다. 러시아에서는 '유리'가 남자 이름이란다. 조용히 지켜보던 S가 "괜찮아. 사람이 루이 암스트롱만 알면 되지 뭐." 하고 말했다. 내가 격하게 동의했더니 둘은 길에서 아주 큰 소리로 웃어댔다. 달에 처음 간 우주 비행사는 '루이'가 아니라 '닐' 암스트롱이었다면서. 나는 지나가는 사람들에게 "저, 혹시 유리 가가린을 아시나요? 그리고 달에 간 우주 비행사 암스트롱의 퍼스트네임은요?" 하고 묻고 싶은 심정이었다.

'유리가 가린'이 아닌 '유리 가가린'이라는 이름을 가진 가게에서는 우주선 부속품을 팔지 않는다. 퀘사디야라는 음식이 주메뉴인 멕시코 음식점이다.

(지금은 영업하지 않는다는 것 같다.) 러시아 음식이라도 팔아야 하는 게 아닌가 싶지만, 그런 맥락 없음 덕분에 걸음을 멈추고 간판을 한 번 더 보게 되는 것이다. '피제리아 이고'는 프로이트식 심리 상담을 해주는 곳 같지만 이탈리아어로 '피자 가게'를 의미한다고 하고, '라몽림'은 인스타그램에 매일 바뀌는 '그날의 메뉴'를 올리는 식당이다. 피제리아 이고의 피자값이 생각보다 비싸서 친구에게 "아니, 나는 이 가게를 사려는 게 아니라 피자 한 판 먹으려는 것뿐인데…." 하고 농담을 건넸는데, 주인이 그 말을 들었는지 나를 복잡한 표정으로 쳐다보았다. 피자는 비싼만큼 맛있었지만 민망해서 다시 가지 못하고 있다. 라몽림은 주인이 열고 싶을 때만 문을 여는지 찾아간 지 세 번만에야 밥을 먹을 수 있었다. 밥을 먹는 동안 골든레트리버가 몇 안 되는 테이블 사이를 분주히 돌아다녔다. 다른 음식은 어떤지 모르지만, 그날 먹은 순두부찌개는 스무 살 때 신촌 연세대학교 공학관에 일부러 찾아가서 먹은 것만큼이나 맛있었다. (연세대학교 공학관이 처음 생겼을 때, 구내 식당에서 파는 순두부찌개가 맛있다고 소문이 나서 외부인들도 먹으러 가곤 했다.)

간단한 픽토그램으로 간판을 대체한 가게들도 많다. 정사각형 모양의 작은 간판에 직관적으로 표현한 문양을 넣고, 그 옆에 작은 영자로 가게 이름을 써두는 식이다. 저래도 장사가 되나 싶지만 딱히 걱정할 필요가 없을 만큼 항상 손님들로 북적인다. 페이스북이나 인스타그램에 음식 사진을 찍어 올리면 그것을 보고 찾아온다고 한다. 어느 가게는 그런 간판조차 아예 걸어두지 않는다. 망원동에서 쭉 살아온 친구에게 "야, 여기는 간판 같은 건 없는 거냐?" 하고 물었더니 "요즘 촌스럽게 무슨 간판이야." 하며 웃었다. 웬만한 간판은 촌스러움으로 치부되는 거리가 된 것이다. 아니면 일부러 단조롭고 투박하게 간판을 만들어 두기도 한다. '빵'이나 '커피' 같은 단어를 멀리서도 알아볼 수 있게 큰 글씨로 새겨두거나, '망원동 티라미수'처럼 정직한 이름을 붙이기도 한다. 그런 간판들이 망원동을 감싼 힙한 정서와 어울려 새로운 분위기를 만들어낸다.

나는 간판을 찍고 있는 S에게 "상수동하고 망원동 가게들, 나 같은 사람이 들어가면 안 될 것 같아. 힙스터가 뭔지는 잘 모르겠지만 저기 있는 사람들 다 힙해 보여." 하고 말했다. 그러자 그는 그게 바로 올바른 힙스터의 자세라고 했다. '힙'이라는 것은 '내가 여기 있어도 되나' 하는 쭈뼛쭈뼛함, 그런 '찌질함'이 적당히 섞여 있어야 비로소 완성된다는 것이다. 그러고는 "저기 앉아 있는 사람들 지금 다 같은 마음일걸." 하고 덧붙여서 비로소 내 마음도 조금 편해졌다.

#2

망리단길보다는 망원우체국 사거리, 그러니까 마포구청역-망원역-합정역을 잇는 직선도로의 중간이 내겐 친숙한 공간이다. S에게 정확히 망리단길이 어디냐고 물어보기 전까지는 그곳을 망리단길로 알았다. 어린 시절 내 생활반경이 주로 그쪽이었던 데다가, 요즘 '힙'하다는 거리가 대부분 대로변에서 몇 블록 들어간 공간에 형성된다는 것을 제대로 몰랐기 때문이다. 상수동과 연남동만 봐도 대로변이 아닌 안쪽의 골목골목에 작고 개성 있는 가게들이 자리 잡고 있다. 임대료가 상대적으로 싸기 때문이다. 그것이 하나의 유행이나 문화가 된 것이다. 예전에는 주택가여서 거기 사는 사람이 아니라면 굳이 들어갈 필요가 없는 길들이었다. '주택가에 설마 뭐가 있겠어?' 하는 마음으로 나는 망원우체국 사거리를 지나 망원역까지, 한동안 대로변으로만 걸어 다녔다.

망원우체국 사거리는 15년 전이나 지금이나 거의 변하지 않았다. 우체국이야 관공서니까 그럴 수 있다지만, '스마트 안경점'과 '청기와 갈비'와 '성미장'이 아직도 있는 것을 보고는 정말이지 1990년대로 돌아간 심정이었다. '순대일번지'와 '이북식 손왕만두'가 아직 영업 중인 것도 놀랍다. 내 나이보다 오래되었을 '노포'들이다. 내가 길을 걸으며 자연스럽게 어린 시절을 떠올린 것은 아마도 그 오래된 가게들 때문일 것이다. 아홉 살 때 스마트 안경점에서 첫 안경을 맞췄고, 비슷한 시기에 청기와 갈비에서 가족과 특별한 외식을 한 기억이 있다. 성미장은 빨간 벽돌 건물로 된 아담한 여관인데, '저기에서 한번 자보고 싶다'는 상상을 종종 했다. 물론 아직 이루지는 못했다. 멀쩡한 집과 작업실을 망원동에 두고 굳이 외박을 할 만한 핑계가 없었다.

스마트 안경점은 원래 구 마포구청 근처의 '연금매장'이라는 작은 상가 안에 있었다. 왼쪽인지 오른쪽인지 볼 밑에 큰 점이 있는 젊은 남자가 주인이었다. 안경은 놀다 보면 쉽게 부러졌고 내 시력도 항상 교정이 필요해서, 매년 두 개씩은 새것을 맞췄다. 한번은 일주일 만에 안경을 부러뜨려먹었다. 어머니와 함께 찾은 안경점에서 "미안해, 엄마." 하고 말했더니, 주인이 "아니, 이렇게 착한 아들이 있어? 이야…." 하며 즉석에서 5000원을 깎아주었다. 그런 기억은 참 오래도 간다. 그때만 해도 안경점이 거의 없어서 안경을 낀 친구들은 서로 "너도 스마트?" 하고 묻기도 했다. '안경나라'나 '다비치' 같은 대형매장이 생긴 것은 나중의 일이다. 스마트 안경점이 망원우체국 사거리로 자리를 옮긴 게 정확히 언제인지는 잘 모르겠다. 지금 생각해보면, 나처럼 안경을 자주 부러뜨려먹는 아이들 덕분에 벌 만큼 벌어 목이 좋은 곳으로 이사를 하지 않았을까 한다.

어느 날 저녁, 망원동 작업실에서 글을 쓰는데 갑자기 안경이 부러졌다. 작업실 근처에도 안경점이 몇 있었지만, 나는 설레는 마음으로 일부러 스마트 안경점을 찾았다. 왠지 그래야 할 것 같았다. 주인의 얼굴을 살폈지만 볼에 점이 없어서 조금은 실망한 채 안경을 이것저것 써보았다. 계산할 때 주인이 "혹시 이전에 오신 적이 있나요?" 하고 물었다. 내 이름은 전산에 등록되어 있지 않았다. 하긴 15년 전 이름이 아직 남아 있으면 그게 더 이상한 것이다. 그가 새로 등록을 하는 동안, 나는 이 매장이 예전에는 연금 매점에 있었고 그때 첫 안경을 맞추었다고 해묵은 추억을 들추어냈다. 주인이 귀찮아하거나 '그래서 뭐 어쩌라고?' 하는 반응을 할지도 모른다고 살짝 걱정했는데, 그는 "아니, 그때를 기억하는 손님이 다 계시네요." 하며 반가워했다. 그러고는 자기도 그 시절부터 근무했으며, 사장님도 여전히 매장에 나온다는 얘기를 덧붙였다. 나는 놀란 표정으로 "와, 정말요⋯." 하는 말을 몇 번이나 반복했다. 곧 그의 "8만 원입니다, 손님." 하는 말에 추억은 조금 뒤편으로 밀려나고 '아, 좀 비싼데⋯.' 하는 마음이 대신 자리를 잡았지만, 그래도 여전히 설렜다.

내 아이들은 안경이 필요 없는 인생이기를 바란다. 시력 같은 거 말고 발가락 정도나 닮기를 바란다. 그래도 안경을 맞추어야 할 때가 온다면 함께 스마트 안경점을 찾고 싶다. 그때까지 스마트 안경점이 여전히 망원우체국 사거리에 있으면 좋겠고, 볼에 점이 있는 사장님이 반갑게 맞이해주면 더 좋겠다. 혹시 아이가 일주일 만에 안경을 부러뜨려서 다시 그곳을 찾게 된다면 "너, 안경 맞출 때 사장님 앞에서 아빠한테 안경 부러뜨려서 미안하다고 말해봐. 이유는 묻지 말고 그렇게 해." 하고 말해주려고 한다. 사장님이 "아니, 이렇게 착한 아들이?" 하며 5000원을 깎아주면, 나는 과연 어떤 표정을 짓게 될까. 맞은편 청기와 갈비가 영업 중이면 새로 안경을 맞춘 기념으로 갈비도 사주고 싶다.

2017년에 다시 걷는 망원동은 눈길 닿는 곳마다 복잡한 감정이 일어나는 공간이다. 나는 망원시장을, 망원우체국 사거리를, 유수지로 가는 좁은 골목을 어린 시절의 내가 되어 천천히 유영한다. 그러면서 망리단길이 가린 거리의 추억들을 들춰본다.

2016년

— 시간은 내가 넘어져 있을 때도 쉼 없이 흘렀다

#1

2016년 여름, 다시 망원동으로 돌아왔다. 2002년 이후 15년 만이다. 대학 때문에, 군대 때문에, 직장 때문에, 삶의 여러 이유로 나는 고향에서 멀어져 있었다. 스무 살 무렵에는 주말마다 꾸역꾸역 서울을 오갔지만 그것이 곧 한 달에 한 번으로 줄었고, 나중에는 명절과 부모님 생신에나 들러보게 됐다. 대학원 시절에는 논문을 쓴다고, 시간강사 하던 때는 강의 준비를 한다고, 아예 1년에 두어 번만 정해놓고 집을 찾았다. 그러면서 '잠시'라고 생각했다. 곧 고향에 돌아갈 것이고, 그때도 여전히 나는 젊을 것이라고. 나를 기다리는 모든 것이 그 자리에 있을 것이라고 믿었다. 그런데 어느덧 나는 서른 중반이 되었고, 부모님은 환갑을 맞았다. 시간은 멈추지도 기다려주지도 않고, 내가 넘어져 있을 때도 쉼 없이 흘렀다.

사실 망원동으로 돌아온 이유는 갑작스럽게 직장을 그만둔 때문이다. 나는 무척 요란하게 대학에서 나왔다. 그 사연을 구구절절 쓰고 싶지는 않다. (다시 쓰기도 민망한 일이다.) 그때는 우선 원주를 벗어나 새로운 곳에 자리를 잡고 싶었다. 아내에게 "노트북만 있으면 글을 쓸 수 있으니까 우리 어디든 가보자."

고 말하고는 한동안 파주, 부산, 제주도, 경주 등 평소 관심 있던 여기저기를 알아보았다. 하지만 원주보다 집값이 싸거나 살 만한 곳을 찾기가 어려웠다. 제주도 이주비용은 상상을 초월했다. 아내의 언니, 그러니까 처형과 결혼한 제주도 토박이 형님이 싼 땅을 알아봐주겠다고 하더니 "평당 5만 원 하던 게 언제 다 100만 원으로 올란?" 하고 제주도 사투리로 전화를 해왔다. 원주에서 나고 자란 아내가 고향을 떠나기 싫어하는 것도 한몫해서 우선은 눌러앉기로 했다.

그러던 중 내 책을 재미있게 읽었다는 어느 분이 "망원동에 내가 글을 쓰는 공간이 있는데 자리가 남아요. 혹시 오지 않을래요?" 하고 제안해왔다. 딱히 더 잃을 것도 없는 처지라 속는 셈 치고 그를 따라갔다. 거기는 마음이 맞는 세 사람이 함께 글을 쓰는 공간, 말하자면 공동 작업실 같은 곳이었다. 그들은 나를 반기며 책상 하나를 선뜻 내주었다. 그러고는 제 발로 나가기 전까지는 아무도 쫓아내지 않으니 마음껏 글만 쓰라고 했다. 세상에 이런 천사 같은 사람들이 있다니, 나는 감격했다. 그렇게 얼떨결에 망원동에 작업실을 얻었다. 당장이라도 가족을 전부 데려와 완전한 이주를 하고 싶었지만, 서울에 집을 얻을 만한 여유는 없었다. 아내와 상의한 끝에 '주말부부' 비슷한 생활을 시작했다. 고맙고, 미안하고, 조금은 설렜다.

부모님 집은 작업실에서 10분이면 걸어갈 수 있는 거리에 있었지만, 웬만해서는 잘 찾지 않았다. 가끔 집밥이 먹고 싶으면 어머니한테 전화해 "김치찌개가 먹고 싶은데 좀 해주세요." 하고 찾는 정도였지, 먹고 자고 씻고 하는 기본적인 생활을 작업실에서 모두 했다. 독립한 아들이 밥 달라, 재워달라 하는 것도 민망한 일 같아서였다. 사실 집을 찾을 만한 여유도 별로 없었다. 아침부터 저녁까지는 두 번째 책에 들어갈 원고를 썼고, 그러다가 저녁에 근처에서 대리운전 콜이 들어오면 나가서 운전을 했다. (생계를 위해 대리운전을 시작한 것이 이즈음이다. 당연하지만, 아내와 아들에게 매달 생활비를 보내야 했다.) 선생들은 오전 9시에서 10시 사이에 출근했고, 5시가 되면 대개 작업실을 나섰다. 새벽에 들어와 아무렇게나 자고 있다가 "좋은 아침입니다. 더 주무세요." 하는 말을 듣고 화들짝 일어나기도 몇 번이었다. 덕분에 '글 감옥'에 갇힌 기분으로 정말이지 글만 썼다. 물론 선생들이 퇴근하고 나면 벌러덩 베개 하나를 되는 대로 놓고 눕기도 하고, 라면도 끓여 먹고, 듣고 싶은 음악도 틀어놓았다. 돌이켜보면, 다시 누리기 어려운 자유로운 날들이었다.

#2

어느 날, 작업실에 가기 위해 망원우체국 사거리에서 신호를 기다리다가 '망도림 테크노마트'라고 적힌 휴대폰 매장 입간판을 보았다. 망원동과 신도림 테크노마트를 합친 조어일 것이다. '망리단길'이라는 이름만 언론을 통해 몇 번 들었지, 그런 단어의 조합을 직접 눈으로 보는 건 처음이었다. 나는 길을 건너는 것도 잊고 입간판을 한참 동안 바라보았다. '내가 2016년의 망원동에 있구나.' 하고 비로소 실감이 났다.

망리단길은 망원동과 경리단길의 합성어다. 언제 어떻게 만들어졌는지 모를 농담 같은 이름이지만, 이제는 지도에도 표시될 만큼 누구나 아는 길이 되었다. 정확히는 망원시장에서 망원1동 주민센터 방향으로 한 블록 떨어진, 500미터 남짓한 직선도로를 가리킨다. 이전부터 도로 폭이 좁아 버스도 사람도 간신히 지나다니던 길이다. (지금의 7011번 버스가 이전에는 361번 번호판을 달고 그 길을 오갔다.) 그 좁은 도로를 마주 보고 이전과는 사뭇 다른 분위기의 가게들이 들어서 있다. 오래전부터 영업하던 풍속업소들은 거의 문을 닫은 듯 빛바랜 분홍색 간판으로만 그 흔적이 남았고, '진달래'나 '물망초'보다 더 묘한 이름을 가진 가게들이 민망한 밤의 업소들을 밀어내는 중이다. 길을 따라 걷다 보면 몇몇 식당 앞에는 10여 명이 넘는 사람들이 줄을 서 있다. 그러면 그들을 피해 차도로 내려서서 걸어야 한다. 텔레비전에 '망리단길 맛집'으로 몇 차례 소개되고부터 생긴 변화라고 한다. 나는 '여기가 이런 데가 아닌데….' 하면서 낯선 기분으로 길을 걸었다.

지금의 망리단길은 '홍순양빵집' 사거리였다. 그 동네 빵집은 아주 오랜 시간 한자리를 지켰다. 친구들과 약속이 있을 때도 "홍순양에서 보자!"라고 할 만큼 당시의 랜드마크였고, 주민들에게 '홍순양길'이라는 도로명 역할을 충실히 해낸, 동네의 명소였다. 망원동 주민들은 가족의 생일을 축하하기 위해 홍순양빵집에서 케이크를 샀다. 입맛이 꽤나 까다로워서 '고려당'이나 '리치몬드'의 빵을 좋아하던 나의 아버지도 일부러 그곳을 찾았다. 그 빵집이 언제 없어졌는지는 기억에 없다. 어쩌면 생일상에 파리바게뜨나 뚜레쥬르의 생크림 케이크가 올라오기 시작한 때부터 조금씩 망원동에서 지워져갔는지도 모르겠다.

망원동에서 가장 고급스러운 외식 장소였던 '영풍가든'도 중국인 관광객을 위한 대형 면세점으로 바뀌었다. (2000년대 중반 '사랑방 화로구이'로 이름을 바꿔 조금 더 대중적인 음식점으로 운영하다가 2015년 여름 대형 면세점에 자리를 내줬다.) 중국인들을 태운 관광버스가 계속 그곳을 드나든다. 몇 걸음이면 건널 수 있는 좁은 건널목 신호등 앞에는 경광봉을 든 신호 유도원까지 생겼고, 그 주변으로 화장품가게와 삼계탕집이 들어섰다. 영풍가든은 '서교가든'과 함께 인근 지역을 대표하는 고급 고깃집이었다. 입학식이나 졸업식 같은 특별한 날엔 옆 테이블에서 고기를 먹는 친구들과 반갑게 인사를 나누기도 했다. 하지만 TGI프라이데이나 베니건스 같은 패밀리 레스토랑이 인기를 끌면서 영풍가든도 조금씩 거리에서 지워졌다. 그리고 그 자리를 다시 중국 자본이, 또 다른 무엇이 채워가는 중이다. 나는 지도에 '망리단길'이라고 표시된 거리의 시작과 끝을 걸으며 영풍가든길을, 홍순양길을 떠올린다.

어린 시절을 같이 보낸 친구들 역시 이제 망원동에 별로 남아 있지 않다. 내가 아는 많은 또래가 서른 넘어 결혼을 하고, 아이를 낳고, 크고 작은 인생의 변화를 겪으면서 뿔뿔이 흩어졌다. 서울의 북쪽 끝인 수유나 미아로 간 친구들은 그나마 형편이 나은 편이고 역곡으로, 동탄으로, 원흥으로, 김포로, 저마다 이름도 생소한 도시로 떠났다. 광역버스나 급행전철의 노선을 따라 '이주'한 것이다. 아이가 자라면 조금 더 멀어져야 할지 모른다.

망원동/서울은 더 이상 젊은 세대가 자신의 노동이나 신용으로 거주에 필요한 초기 비용을 감당할 수 있는 공간이 아니다. 그러나 단순히 나고 자란 곳에서 살고 싶다는 바람뿐 아니라 삶을 지탱하는 그 무엇이 거기에 있기에 누군가는 안간힘을 쓰며 버틴다. 한 중학교 동창의 결혼식에서 만난 D는 결혼하고도 망원동에 남은 몇 안 되는 친구다. 그런 그가 입버릇처럼 하는 말이 있다. "나는 내가 자란 망원동이 정말로 좋아. 여기에서 아내와 아이와 함께 계속 살고 싶어. 지금은 그게 유일한 목표야." 그에게 다른 도시로의 이주는 밀려나는 일이 될 것이다.

내게 2016년의 망원동은 '안녕'과 '안녕히'라는 인사가 공존하는 공간이다. 시간은 나와 내 부모뿐 아니라 망원동 또한 변화시켰다. 시곗바늘이 멈춘 곳도, 조금은 느리게 움직인 곳도 있었지만, 이때를 기점으로 시계태엽은 그 어느 때보다도 빠르게 풀려나갔다.

2010년

— 망원시장, 청년의 얼굴을 한 공간

#1

작업실에서 5분 정도 걸어가면 망원시장 후문이 나온다. 나는 하루에 한 번씩은 망원시장을 기웃거린다. 무언가 먹으러 가거나 산책 삼아서도 들르지만, 대개는 아무 일 없이 가서 시장 초입부터 끝까지 천천히 걷는다. 망원시장은 망원동에서 가장 활기찬 공간이다. 시장 사람들과 섞여 있는 것만으로도 덩달아 기분이 들뜬다. 이제는 동네 주민뿐 아니라 외지인도 많이 찾는 관광지에 가깝다. 한참을 걷다가 정신을 차려보면 이미 닭강정이나 핫도그 같은 군것질거리를 잔뜩 사 먹은 뒤다. 나는 망원시장에서 이런 것들을 먹을 수 있다는 사실이 아직도 잘 실감 나지 않는다.

망원시장은 어머니가 항상 장을 보는 곳이었다. 정확히는 망원월드컵시장이라고 해야겠지만, 나는 건널목 하나를 두고 마주한 망원시장과 망원월드컵시장을 잘 구분하지 않는다. 두 시장의 상인회가 따로 있고 시장 분위기나 운영 시스템도 조금씩 다른 것 같지만, 어릴 적부터 경계 없이 드나들던 곳이다. 어머니가 콩나물과 고등어를 사는 동안, 초등학생이었을 나는 장바구니를 들고 그 뒤를 졸졸 쫓아다녔다. '망원시장 현대화'를 거치면서 모든 상점이 지붕과 간판을 가지게 되었지만, 그 이전에는 좌판이 더 많았다. (망원시장은 1970년대에 생긴 재래시장이다. 2008년에 현대화 사업을 거쳐 지금의 모습을 갖게 되었다.) 할머니들이 쪼그리고 앉아 무언가를 팔고 있으면 어머니는 허리를 굽히고 그것들을 신중히 골라 몇백 원어치씩 사곤 했다.

단층짜리 시장 건물에는 순대와 돼지머리 고기를 파는 분식점들이 있었다. 그다지 위생적인 공간은 아니었던 것 같다. 해가 들지 않아 어두컴컴했고 공기 중에는 비릿한 냄새가 떠다녔다. 그곳에 들어가면 나는 입으로만 얕게 숨을 쉬었다. 양동이에는 걸레 같은 것들이 담겨 있었는데, 나중에 그것이 소의 '천엽'인 것을 알았다. 지금에야 닭강정, 고로케, 족발, 홍어 무침, 떡볶이, 핫도그 등 망원시장의 명물이 된 먹을거리들이 많지만 당시엔 순대 말고는 내가 먹을 만한 간식이 전혀 없었다. 만두가게가 생긴 것도 조금 나중의 일이다. 김이 모락모락 나는 순대와 돼지머리 고기가 연두색 접시 위에 수북이 담겨 나오면 무척 행복했다. 접시 한쪽에 소담히 뿌려진 소금에 찍어서 참 맛있게도 먹었다. 순대는 시장을 따라온 내게 어머니가 주는 작은 보상이었다.

지금도 망원시장 중간쯤에 이르면 '골라골라 아저씨'가 떠오른다. 돗자리에 온갖 잡다한 물건들을 잔뜩 쌓아둔 채 손뼉을 치며 "골라, 골라. 아무거나 1000원. 골라, 골라." 하고 쉴 새 없이 외치던 중년 남자가 있었다. 엉덩이를 적당히 돌려가며 리듬도 탔다. 그 시절의 '다이소'라고 해야 할까. 이것저것 참 많이도 팔았는데, 정말 거의 다 1000원이었다. 망원시장뿐 아니라 1990년대 남대문시장을 비롯해 어느 시장에나 있었을 '골라골라 아저씨'는 언제부터인가 자취를 감추었다. "골라, 골라." 하는 우렁찬 목소리가 가끔 시끄럽게 느껴지기도 했지만 거기에는 시장을 시장답게 해주는 힘이 있었고, 그것이 만들어낸 활기는 시장 곳곳에 퍼졌다.

사실 2000년대 이후로 망원시장의 기억은 별로 남아 있지 않다. 어머니를 따라 장바구니를 들고 시장에 가는 것이 왠지 부끄러울 나이가 되었고, 고등학생이 되고부터는 주로 홍대입구와 신촌에서 놀았다. 멀티플렉스 영화관과 푸드코트가 있는 월드컵경기장에도 자주 갔다. 망원시장의 변화를 처음 느낀건 어머니가 "시장에 갈 건데 닭꼬치 사다 줄까?" 하고 물었던 날이다. 내가 시장에서 그런 것도 파느냐고 되묻자, 어머니는 젊은 사람들이 닭꼬치 노점을 열었는데 장사가 아주 잘 된다고 했다. 그러면서 아이스 아메리카노를 파는 노점도 생겼다고 덧붙였다. 어머니는 그날 정말 세 가지 맛의 닭꼬치를 사 왔다.

지금 생각해보면, 2000년대의 망원시장은 그 '젊은 사람들'이 이런저런 실험을 할 수 있는 공간이었던 모양이다. 홍대입구에서 이주해온 젊은 예술가나 활동가들이 망원동에 자리를 잡기 시작한 시기였고, 그들에게 망원시장과 그 주변이 꿈을 실현할 하나의 무대였던 것이다. 공방이나 카페 같은 것들도 하나둘 생겨났다. 대형마트의 입점을 막기 위해 상인회와 지역 커뮤니티가 결속하면서부터 재미있는 일들이 많이 기획되었다고 들었다. 서울을 떠나 있던 시기여서 그 변화를 깊이 체감할 수는 없었지만, 언제부턴가 망원동에 올 때마다 나는 꼭 시장에 들렀다. 내 아내도 망원시장에 와보고는 깜짝 놀랐다. 복숭아 산지인 자기 고향보다도 복숭아 값이 싸다는 것이었다. 그래서 지금도 망원동에 오면 일부러 생선이나 과일 같은 것을 사서 내려가곤 한다.

망원시장은 단순히 망리단길과 함께 잠시 '핫'

해진 것이 아니다. 오래전부터 그 자리에 있었고, 상인들은 지역사회와 결속하며 그곳을 전보다 더욱 활기차고 내실 있는 공간으로 만들어냈다. 무엇보다도 망원시장은 여전히 젊어 보인다. 상인들은 오늘도 웃으며 분투한다. 어떤 희망을 품은 사람의 얼굴을 하고 있다. 그래서 망원시장은 계속 즐겁게 변화해 나갈 것만 같다.

#2

나는 2014년 봄에 결혼했다. 망원동 인근에서 결혼식을 올리기로 합의하고 나니, 결혼식장은 자연스럽게 '상암 월드컵 경기장'으로 정해졌다. 내 의견은 별로 반영되지 않았다. 사실 어디에서 해야 할지도 잘 모르겠고, 무엇보다도 하객 대부분이 부모님의 지인이었다. 결혼 준비를 하면 할수록 '이건 나의 결혼을 축하하는 자리라기보다는 잘 키워서 장가보내는 부모에 대한 위안이구나.' 싶었다. 두 분은 "사람들이 와서 주차하기 편하면 되는 거야."라고 입을 모아 말했다. 하긴, 6만 6704명을 수용할 수 있는 경기장이니 하객이 얼마나 오든 주차 걱정이야 없을 것이었다.

그렇다고 축구장에서 야외 결혼식을 한 건 아니고, 경기장 안에 예식장이 따로 있었다. 상암 월드컵 경기장뿐 아니라 월드컵을 앞두고 지어진 많은 축구장이 그랬다. 수원에 사는 친한 후배도 수원 월드컵 경기장 예식장에서 결혼했다. 그 후배의 부모님도 주차가 편한 예식장을 찾아본 건지는 잘 모르겠다. 거기도 4만 3959명을 수용할 수 있다고 하니 하객들이 주차하는 데 애먹는 일은 없었을 것이다. 2002년 한일 월드컵이라는 국가적인 이벤트는 한 도시에 변화를 가져왔을 뿐 아니라 그곳에 사는 사람들, 나와 그 후배의 삶에도 영향을 주었다.

결혼식을 위해 준비해야 할 것이 생각보다 많았다. 아내 쪽 하객들은 강원도에서 전세버스를 타고 올라온다고 했다. 나는 그냥 그런가 보다 했는데, 어머니는 그분들을 위한 음식도 따로 준비해야 한다고 했다. 차에서 먹을 음료수와 떡이나 빵 같은 간식이 필요하다는 것이었다. 그러고 보니 나도 직장 선배가 서울에서 결혼할 때 전세버스를 얻어타고 함께 올라온 기억이 있다. 그때도 어느 분이 돌아다니면서 먹을 것을 잔뜩 나누어 주었다. 결혼이라는 건 신랑과 신부보다도, 두 사람과 관계된 손님들을 세세하게 챙

겨야 하는 일이었다. 나중에는 우리 둘이야 어떻게든 되겠지, 하는 심정이었다.

버스 안에서 하객들에게 나누어줄 간식을 고민 하던 중 동생이 갑자기 "망원시장 닭강정!" 하고 외 쳤다. 나는 그때만 해도 망원시장의 변화를 제대로 실감하지 못했다. 그래서 "시장에서 파는 닭강정을 내놓기는 좀 그렇지 않아?" 하고 물었다. 동생은 망 원시장에 가서 직접 닭강정을 먹어보면 생각이 바뀔 거라고 자신 있게 말했다. 나는 한번 먹어나 보자며 동생과 함께 망원시장을 찾았다.

텔레비전에도 나왔다는 닭강정집을 찾기는 어 렵지 않았다. 늦은 시간이었는데도 스무 명 넘게 줄 을 서 있었다. 나는 당황스러운 표정으로 동생에게 물었다. "아니, 그동안 망원시장에 무슨 일이 있었던 거야?" 내 기억 속의 망원시장은 외할아버지나 어머 니의 손을 잡고 어둡고 냄새나는 골목을 따라가 순대 를 사 먹던, 그런 평범한 동네 재래시장이었다. 물론 현대화가 진행된 뒤로 몇 번 가보기는 했지만, 그런 이미지가 사라질 만큼 구석구석 탐방해보지는 않았 다. 어릴 적에 노란 봉투에 담아주는 시장 통닭을 그 자리에서 튀기는 동안 기다린 기억은 있어도, 닭강정을 사기 위해 줄을 서리라곤 상상도 못 했다. 한참을 기다려서야 내 차례가 왔고, 나는 다양한 닭강정 종류에 또 한번 놀랐다. '머스타드 닭강정'과 '화이트 크림 닭강정'이 있었다. 무엇을 먹어야 하나 고민하는 동안 동생이 나의 결혼 소식을 알렸고, 사장님은 웃으면서 "하나씩 다 먹어봐요." 하고 말했다.

성산동과 망원동과 상암동, 세 동네의 경계에서 자란 나는 상암동에서 결혼했고, 망원동의 음식을 신부측 하객에게 대접했다. 동네 친구 몇은 집에서 식장까지 걸어와서 나의 결혼식을 지켜보았다. 왠지 어릴 적부터 함께해온 공간과 사람들에게 빚을 진 기분이었다.

어머니는 지금도 망원시장에서 장을 본다. 얼마 전에는 네 살짜리 손자의 손을 잡고 그 거리를 걸었다. 네 살짜리 내가 외할머니와 그랬던 것처럼, 어머니는 아이 손에 아주 작은 장바구니를 꼭 쥐어주고는 천천히 함께 걸었다. 장바구니에는 아이에게 구워줄 생선과 치킨너깃이, 그리고 나를 위한 닭강정이 들어 있었다. 아이가 청년이 되어 다시 찾을 때, 망원시장이 지금처럼 청년의 얼굴로 맞이해주면 좋겠다. 두 청년이 다시 만나 서로를 추억할 수 있기를 바란다. 왠지 그럴 수 있을 것 같아서, 나는 다시 빚을 진 기분이 되고 만다.

2008년

— 추격자가 된 친구들

2008년 여름, 망원동에서 한참 떨어진 강원도 원주에서 영화 〈추격자〉를 보다가 깜짝 놀랐다. 영화에서 망원동이 배경으로 나온 것이다. 화면 속 익숙한 거리와 가게들이 반가운 나머지 나는 "와, 저기 우리 동네!" 하고 옆에 있는 친구에게 말할 뻔했다. 그러나 하지 않기를 잘했다. 연쇄살인범 유영철을 소재로 한 영화였다. 대한민국 영화 역사상 최고의 악역으로 손꼽히는 '슈퍼 아줌마'를 보며 모두가 탄식을 내뱉는 동안, 망원동은 서울을 대표하는 우범지역이 되어버렸다. 실제로 유영철이 범죄를 저지른 곳은 망원동이 아니었다. 나는 감독에게 왜 굳이 망원동이었느냐고 묻고 싶은 심정이 되었다.

지금은 망원동 하면 망리단길이나 망원시장 혹은 밴드 '장미여관'의 보컬 육중완이 '나 혼자 산다'던 동네를 떠올리는 이가 많지만, 10년 전만 해도 "아, 그 〈추격자〉에 나온 연쇄살인 동네 아니냐?" 하는 반응이 대부분이었다. 심지어 그 험한 동네에서 어떻게 살았냐고 묻는 친구들도 있어서, 나는 한동안 진실을 해명하느라 애를 먹었다. 당시 망원동에 살던 중학교 동창 D는 영화 때문에 동네 이미지가 나빠져 집값도 떨어졌다며 무척 화를 냈다. 하지만 〈추격자〉

가 개봉할 때까지 망원동은 그다지 알려지지 않은 동네였다. 사실 나빠질 이미지도 없었다. 영화를 만든 나홍진 감독은 한 인터뷰에서 "망원동을 서른이 넘어서 처음 들었다. 존재하는데 존재를 모르고 있던 공간이었다."라고 말했다. 실제로 그 당시 망원동의 위상이라는 게 서울에서 딱 그 정도였다. 그러고 보니 그는 자신의 세 번째 영화에서 전남 곡성을 주 배경으로 삼기도 했다. 곡성 출신인 처남댁은 영화를 보고 "아유, 모르던 동네인데 이제 다들 알아주니 좋죠 뭐." 하고 말했다. 2008년의 망원동 주민들이나 2016년의 곡성 군민들이나 비슷한 심정이지 않았을까 싶다.

2008년은 사람들이 조금씩 망원동으로 유입되기 시작한 해이다. 홍대입구가 근처 사람들과 자본을 빨아들이는 동안, 상대적으로 월세와 임대료가 싼 망원동에 젊은이들이 자리를 잡았다. 어쩌면 〈추격자〉로 인해 동네 집값이 오르는 속도가 조금은 늦추어진 덕인지도 모르겠다. 어쨌든 그때 이주한 사람들은 그 흉흉한 분위기를 감내했으니, '용감한 사람들'인 건 분명하다.

2002년 월드컵 이후에도 망원동의 변화는 꽤나 더딘 편이었다. 물론 도로가 확장되고, 망원역이 생기긴 했다. 지하철역 근처에는 무려 스타벅스와 24시간 맥도날드 매장이 입점했다. 그때는 정말이지 '이래도 되나?' 하는 심정이었다. 홍대입구나 신촌까지 나가지 않고도 프랜차이즈 커피와 햄버거를 먹을 수 있다니. 솔직히 그 가게들이 망할까 봐 걱정까지 했다. 그러나 그뿐이었다. 그것 말고는 피부로 느껴질 만큼 큰 변화가 없었다. 반면 상암동은 월드컵을 치르며 거의 다시 태어나는 수준으로 바뀌었고, 그 이후에도 디지털미디어시티 개발과 함께 급속도로 성장했다. 왠지 상대적 박탈감이 느껴지던 시기이다.

망원동은 2002년 월드컵 이후 두 가지 의미에서 '추격자'를 떠올리게 한다. 우선 상암동과 서교동(홍대입구) 등 주변 동네의 변화를 따라잡기 위해 동네 전체가 달리고 있다. 그전까지 한강과 성미산 사이에서 조용히 웅크리고 있었다면, 지금은 자본이든 누군가의 열망이든 그것을 연료 삼아 질주하는 모양새이다. 빠르게 내달리는 망원동을 붙잡기 위해, 망원동 사람들도 숨 가쁘다. 변화에 발맞추어 뛰지 않으면 발붙여 살 수 없는 동네가 되어버렸다. 두 번째 추격자는 결국 '우리'이다.

　지금도 망원동에 사는 친구 D는 얼마 전 무척 의미심장한 말을 했다. 망원동에서 〈추격자〉 같은 영화나 몇 편 더 찍으면 좋겠다는 것이었다. 무슨 헛소리냐며 얼굴을 찌푸렸더니 그가 이렇게 덧붙였다. "아니, 그러면 집값이 좀 내려갈 기 아냐. 그때는 동네 이미지를 걱정했는데 이제는 집값이 좀 내리면 좋겠어. 계속 여기에서 살고 싶거든." 어쩌면 그는 가장 열심히 망원동을 쫓고 있는 추격자일지도 모른다.

　그런 영화가 몇 편 더 나와서 집값이 내린다고 해도 친구와 내가 망원동에서 버텨내거나 완전한 이주를 꿈꿀 수 있을지는 잘 모르겠다. 지금의 망원동은 후진 기어를 넣을 만한 상태가 아닌 것 같다. 그래도 친구는 자신의 아이와 망원동의 추억을 공유하면 좋겠다는 마음으로 오늘도 뒤를 쫓는다. 그런 친구를 응원하며 나도 힘껏 그 뒤를 따른다.

2002년

— 월드컵, 광장의 경험

2002년 6월 한국과 스페인의 월드컵 8강전이 있던 날, 스무 살의 나는 신촌에 있었다. 현대백화점 근처 한 호프집에서 친구들과 승부차기를 지켜본 다음 거리로 나갔다. 그날 한국은 월드컵 4강에 진출했다. 현대백화점 후문에서 연세대학교 정문까지, 신촌 거리는 사람들로 가득했다. 나처럼 망원동에서 건너온 사람들도 많았을 것이다. 광화문이나 강남에도 사람들이 모였지만, 축제 분위기를 즐기기에 신촌만큼 적당한 장소도 없었다. 포르투갈과의 예선 경기는 홍대입구에서 봤는데, 경기가 끝나고 밖으로 나오자 거리에 아무도 없었다. 신촌까지 걸어가니 거기에 사람들이 다 모여 있었다. 홍대에서 경기를 본 사람들도 일부러 신촌에서 모일 만큼, 그때는 마포와 은평, 서대문 지역을 통틀어 신촌이 최고의 '핫 플레이스'였다. 지금은 구도심이 되어버렸지만, 한때 그런 영광의 시간이 있었다.

그 축제의 광장에서 나는 잠시 어린 시절의 신촌 거리를 떠올렸다. 사실 신촌은 1990년대 초만 하더라도 골목마다 최루탄 가스가 자욱한 곳이었다. 어머니는 신촌에 갈 일이 있으면 마스크부터 챙겼다. 버스를 타고 신촌을 지나다가 창문 틈으로 새어 들어온 가스에 눈물을 흘리는 일도 많았다. 곤봉과 방패를 든 전경들이 모여 있으면, 어머니는 위험하다면서 큰길로 나를 잡아끌었다. 시위가 있는 날엔 망원동 정류장에 서서 한 시간씩 버스를 기다리기도 했다. 신촌과 홍대를 거쳐 합정동으로 들어와 망원동과 성산동을 돌아나가는 버스 대부분이 그랬다. 지금처럼 앱이나 안내기로 버스가 어디쯤 있는지 알 길도 없는 시절이었다. 마냥 기다리는 수밖에 없었다. 그러다가 버스 두세 대가 연달아 도착하면 사람들은 대학생들이 공부는 안 하고 데모질에 정신이 팔렸다고 혀를 차며 서둘러 올라탔다. 버스를 기다리다가 지친 나는 '대학생들은 참 나쁜 사람들이구나.' 하고 덩달아 생각했다.

월드컵이 치러지는 동안 신촌 거리에서 있었던 인상적인 일 몇 가지를 추억해보면, 우선 '호외'가 뿌려지는 것을 난생처음 봤다. 신문사에서 고용한 아르바이트생이 한 손에 신문 뭉치를 들고 "호외요!" 외치며 거리마다 인쇄물을 뿌리고 다녔다. 경기가 끝난 지 얼마 되지도 않았는데, 양면으로 인쇄된 신문에는 그날의 경기가 모두 복기되어 있었다. 히딩크 감독이 우승 세레모니로 특유의 어퍼컷을 날리는 장면도 선

명했다. 연대 정문 건너편에 있던 어느 호프집에서는 큰 들통에 통닭을 가득 담아 거리로 나와 사람들에게 나누어주었다. 들뜬 분위기에 휩쓸린 건지, 아니면 치밀하게 계산된 홍보 전략이었는지는 모르지만, 월드컵 내내 그런 즉석 이벤트가 신촌 곳곳에서 벌어졌다.

언젠가는 거리 응원이 끝나고, 한 삼십대 남성이 다가와 "제가 여러분에게 술을 한잔 사도 될까요?" 하고 물었다. 우리는 그가 무척 이상한 사람이라고 생각했지만, 술을 사겠다는 호의를 거절할 이유는 없었다. 우리는 편의점에서 맥주와 이런저런 안주를 사서 돗자리도 없이 남들처럼 적당한 자리에 엉덩이를 붙이고 앉았다. 그는 자신을 히딩크 감독의 통역이라고 소개하며, 인천월드컵경기장에서 이제 막신촌으로 건너온 참이라고 했다. 아무래도 신촌으로 오면 월드컵 분위기를 가장 잘 느낄 수 있을 것 같았다고도 덧붙였다. 그러면서 월드컵이 끝나면 히딩크 감독이 감독직을 내려놓기로 했다는 소식도 조심스럽게 전했다. 물론 그의 말이 어디까지가 진실인지는 아직도 모른다. 그는 맥주 한 캔을 비우고는 곧 자리에서 일어났다. 다음 감독은 아마 허정무가 될 거라고도 했는데, 훗날 2006년 월드컵 대표팀 감독으로 허정무가 선임되었다는 소식을 듣고 나는 잠시 그를 떠올렸다.

그렇게 2002년 6월을 신촌 거리에서 보낸 나는 '세상 재미는 다 느껴본 것 같으니 이제 공부를 해볼까.' 하고 생각했다. 거리 응원의 경험은 그만큼 강렬했다. 정확히 말하면, 그 이후에는 무얼 하고 놀아도 그만큼 즐겁지 않았다. 스무 살이 되던 해에 그런 이벤트를 즐길 수 있었다는 데에 지금도 감사한 마음을 가지고 있다. 그해 여름 광장의 경험은 그 뒤로도 나를 또 다른 많은 광장으로 이끌었다. 특히 2016년 겨울, 촛불을 들고 광화문 광장으로 갈 용기를 주었다. 거리에서 나의 목소리를 낸다는 것이 처음에는 무척이나 어색했지만, 나중에는 자연스러워졌다. 무엇보다 모여도 된다는 걸, 모이면 즐겁다는 걸, 그러면 무언가를 바꿀 수 있다는 걸 깨달은 소중한 시간이었다. 아마 '월드컵 세대'로 명명된 내 또래 대개가 비슷할 것이다.

1997년
— 신촌, 누군가를 기다리는 설렘의 공간

#1

1990년대 후반까지만 해도 신촌은 망원동에 사는 내게 '서울 안의 서울' 같은 곳이었다. 가장 가까운 영화관(녹색극장)과 PC방도 신촌에 있어서 영화를 보거나 게임을 하려면 일단 거기까지 나가야 했다. 망원시장 옆 종점에서 131번 버스를 타고 신촌으로 가는 길은 언제나 설렜다. 마치 모험을 떠나는 기분이었다. 주말 저녁이 되면 현대백화점(당시엔 그레이스 백화점이었다.) 앞은 시계탑을 중심으로 늘 북적거렸다. 수백 명의 사람이 그곳에서 가족을, 연인을, 친구를 기다렸다. 시계탑 앞은 지하철역 출구와 맞닿아 있는 데다 앉을 만한 공간도 있어서, 모르는 사람들이 처음 만나기에도 좋았다. 지하철역 출구로 사람들이 빠져나올 때마다 다들 자신이 기다리는 그 사람이기를 기대하며 고개를 돌렸다. 신촌은 그 두근두근한 설렘이 서로에게 전해지던, 그런 장소였다.

그러나 이제 신촌은 구도심이 되었다. 여전히 강북의 대표적인 번화가이지만 이전의 영광을 찾아보기는 힘들다. 2000년대 들어 홍대 앞이 클럽 문화로 떠오르면서 신촌은 조금씩 조용해졌다. 그 시절 나는 망원동을 떠나 있기도 했고, 2005년부터 2년간은 군대에 있었다.

한번은 군대에서 휴가를 나와 고향 친구에게 당연한 듯 "시계탑에서 보자!" 하고 말했는데, 그는 요즘 누가 신촌에서 만나냐며 홍대입구로 장소를 바꿨다. 우리는 고등학생 때부터 늘 신촌에서 만났다. 술을 마실 나이가 되고부터는 연세대나 서강대 학생들보다도 신촌의 술집을 자주 드나들었던 것 같다. 친구는 "어느 순간 사람들이 다 홍대에 가 있더라." 하고 덧붙이기도 했는데, 과연 그의 말처럼 주말의 홍대입구는 지하철역을 빠져나오기가 힘들 만큼 사람들로 가득했다. 강원도 홍천에서 군 복무를 하다가 휴가를 나온 나는 '여기가 이런 데가 아닌데….' 하고 어색해하면서 밀고 밀리며 출구를 빠져나갔다. 뒷골목을 걷는 동안 낯선 간판 아래마다 내 또래들이 길게 줄을 서 있는 것을 보았다. 나는 거기가 말로만 듣던 '클럽'이란 걸 어렴풋이 짐작할 수 있었다. 우리는 그들을 지나쳐 '플스방'에 가서 축구 게임을 했다. 그날 이후 신촌에서 만나는 일은 거의 없었다. 자연스럽게 홍대입구나 상수역 근처로 약속을 잡기 시작했다. 몇 번 다시 찾기는 했지만, 술집에서도 줄을 서야 했던 화려한 시절을 기억하는 내게 신촌은 어느덧 애잔한 존재로 남게 되었다. 사람이든 공간이든 무언가의 몰락을 지켜보는 일은 슬프다.

내가 신촌에 드나들기 시작한 것은 고등학생이 되고부터였다. 그전까지는 홍대입구의 마포도서관이나 경성고등학교 사거리 정도가 내 활동 범위의 임계였다. 신촌은 부모님을 따라 '신촌문고'에 책을 사러 갈 때나 구경할 수 있는 곳이었다. 그러나 고등학생이 되면서 인근 고등학교(서울여고나 홍익여고) 도서반 학생들과 종종 신촌에서 교류회를 가졌다. 그러면 괜히 대학생이 된 듯한 기분이 들었다. 사실 교류회를 가장한 단체 미팅 같은 것이어서, 동아리 활동에 대해 조금 이야기하다가 노래방도 가고 당구장도 갔다. 특히 신촌 기차역의 '민들레영토'는 고등학생들이 모이기에 좋은 카페였다. 3500원만 내면 음료를 세 번까지 리필해서 마실 수 있는 데다 작은 컵라면도 먹을 수 있었다. 여학생과의 개인적인 만남도 거의 '민토'에서 이루어졌다. 대학생이 되고서도 그곳에서 친구 커플과 자주 마주쳤다. 그러면 서로 민망한 듯, 눈인사만 나눴다. 뭐랄까, '민토로 연애를 배운 아이들'이라고 해도 될 만했다.

#2

1997년, 중학교 3학년 봄부터는 토요일 오전 수업이 끝나면 친구들과 버스를 타고 신촌으로 나갔다. 대한민국에 PC방이 막 생겨나기 시작한 무렵이었다. 친구 중 하나가 PC방이라는 게 생겼는데 정말 좋다고 자랑을 늘어놓기에 우르르 몰려가보았고, 모두가 감격했다. 그때부터 우리는 일주일 동안 어떻게든 돈을 모아서 토요일 수업이 끝나자마자 PC방으로 달려갔다. '스타크래프트'가 나오면서 동네마다 PC방이 우후죽순 들어선 것은 나중의 일이고, 그때는 'C&C 레드얼럿'이라는 게임을 네트워크로 했다. 2차 세계대전을 배경으로 한 전략 시뮬레이션 게임이었다. 나와 친구들은 그때 우리가 마음만 먹었으면 대한민국 1세대 프로게이머가 될 수 있었다고, 지금도 만나면 술에 취해서 떠든다. 운이 좋았다고 해야 할지 나빴다고 해야 할지, 우리는 대한민국에서 가장 먼저 PC방의 네트워크 게임을 시작한 중학생이었을 것이다. 물론 그 이전에도 모뎀에 접속해 온라인 게임을 할 수는 있었지만, 한 공간에 모여 몇 대 몇으로 게임하는 일은 아직 상상하기 어려울 때였다.

그때 마포구와 서대문구를 통틀어 PC방이 딱

하나 있었다. 연세대학교 앞 'VMG PC방'이었다. 망원동과 합정동은 물론이고 홍대입구에도 PC방이 없었다. 지금은 시간당 가격이 1000~1500원 정도지만, 1997년 신촌에 처음 생긴 PC방은 한 시간에 무려 3000원을 받았다. 거의 독점 사업이었으므로 가격은 그들이 정하기 나름이었다. 하지만 우리 중 누구도 비싸다고 불평하지 않았다. 왜냐하면 그곳은 그 이상의 즐거움을 선사하는 꿈의 공간이었기 때문이다.

PC방에 간다는 기대감으로 학교에서 월요일부터 토요일 오전까지를 버텼다. 두 시간 정도 게임을 하고 나와 진 팀이 이긴 팀에게 편의점 컵라면을 사주고 나면 준비해온 1만 원이 딱 떨어졌다. 학교에서는 쉬는 시간마다 한 친구의 자리에 모여서 매번 게임 이야기를 했다. 누가 더 잘하네 못하네, 서열도 매겨가며 정말이지 즐겁게 놀았다. 초기에는 PC방에 빈자리가 많았지만, 시간이 지나면서 예약을 하고 줄을 서야 할 정도로 인기가 치솟았다. 몇 달 후, 홍대입구에 '오렌지 PC방'이 생겼다. 그곳의 모니터는 무려 19인치라고 해서 새로운 문물을 맛보는 기분으로 찾아가보기도 했다.

그렇게 신촌의 PC방과 함께 중3 시기를 보냈다. 그리고 그해 가을, PC방 가는 길에 신촌 로터리 대형 전광판에 뜬 뉴스 속보를 보았다. 화면에는 '한국, IMF 구제금융 신청'이라고 적혀 있었다. (한국은 1997년 11월 22일, IMF 구제금융을 신청했다.) 환율이 달러당 2000원까지 치솟고, 텔레비전을 켜면 어느 기업이 부도가 났다는 소식이 하루가 멀다 하고 전해지던 때였다. 나는 전광판 화면을 올려다보면서 친구들과 PC방으로 걸음을 옮겼다. 그것이 앞으로 나와 내 친구들의 삶에 어떠한 영향을 미칠지는 전혀 생각하지 않았다.

IMF와 함께 찾아온 것은 스타크래프트였다. 대한민국 어디에나 PC방이 들어서기 시작했다. 홍대 입구는 물론이고, 망원동에도 PC방이 생겼다. 아마도 IMF 이후 퇴직(당)한 가장들이 많이들 차리지 않았을까 싶다. 친구 몇이 더는 돈을 모으기가 어렵다며 PC방 출입을 끊은 것도 그즈음이다. 저마다 다른 고등학교에 진학하면서 자연스럽게 모임도 중단되었다. 남들이 스타크래프트를 시작할 때 우리는 여전히 C&C 레드얼럿을 했다. 스타크래프트도 해보았지만 그다지 재미가 없었다. 특히 비밀스러운 공간, 우리만의 전유물 같았던 그곳이 붐비기 시작하자 왠지 흥미가 떨어졌다. 모두가 PC방에 드나들기 시작할 무렵 나는 PC방 가는 것을 그만두었다. 지금도 스타크래프트는 잘하지 못한다.

#3

'정모'와 '벙개'의 주된 장소 역시 신촌이었다. PC통신 동호회의 정기 모임은 정모, 갑자기 성사된 모임은 벙개라고 불렀다. 1990년대 중후반에는 천리안, 하이텔, 나우누리, 유니텔이 지금의 페이스북이고 네이버이고 카카오였다. 모뎀의 전화선을 연결하면 각각의 플랫폼을 통해 온라인에 접속할 수 있었다. 1초에 56킬로바이트의 속도로 채팅을 하고, 동호회 게시판에 글을 쓰거나 읽고, 사진을 다운로드받았다. 온라인 동호회가 막 생겨나던 시기이기도 했다.

나는 천리안 '한스밴드' 팬클럽의 회장이었다. 원래는 나보다 한 살 어린 중학생이 '시숍'이었는데 (천리안에서는 동호회나 팬클럽 관리자에게 'SYSOP'이라는 관리자용 아이디를 발급해주었다.) 자기는 '동자'라는 그룹이 좋아졌다면서 갑자기 그만두는 바람에 내가 아이디를 물려받았다. 엉겁결에 벌어진 일이었다. 나는 그저 '선생님 사랑해요'라는 노래가 좋았고, 밴드의 막내 한샘의 웃는 얼굴이 예뻐서 가입한 평범한 고등학생일 뿐이었다. 그런데 갑자기 '뮤직뱅크'와 '인기가요' 생방송이 있는 날마다 방송국에 가서 줄을 서고 응원도 해야 했다. 몇 번 갔다가 '아, 여기는 살벌한 곳이구나.' 깨닫고는 부시솝에게 모든 것을 맡긴 채 집에서 조신하게 텔레비전으로만 응원을 보냈다. 방송국엔 언제든 몸싸움할 준비가 된 무서운 누나들이 많았다.

명색이 시솝이라 정모도 주최해야 했는데, 그 장소는 늘 신촌 현대백화점 시계탑 앞이었다. 모임 장소에 대해서는 아무도 불만이 없었다. 지하철 2호선만 타면 서울 어디에서든 편히 올 수 있기 때문이었다. 한스밴드의 기획사가 신촌로터리에 있는 것도 좋은 핑계가 되어주었다. 우리는 만나서 한스밴드 노래에 대해 이야기를 나누고, 직접 찍은 사진이 있으면 교환도 하고, 노래방에 가서 '선생님 사랑해요'도 부르고, 그렇게 놀았다.

한번은 정모 공지를 올렸는데 한 회원이 다음

과 같은 댓글을 달았다. "안녕하세요, 저는 사십대 아저씨인데 노란색 정장을 입고 노란 장미를 들고 기다리겠습니다. 알아보기 편하실 겁니다. 하하하." 함께 가기로 한 친구는 설마 진짜 그렇게 하고 나오겠냐며 장난이 분명하다고 말했다. 물론 나도 같은 생각이었다. 정모 당일, 대여섯 명이 시계탑 앞에 모였다. 약속 시각이 다 되도록 노란 정장을 입은 남자는 나타나지 않았다. 나는 안도의 한숨을 내쉬면서 회원들과 함께 백화점 뒤 닭갈비집으로 갔다.

밥을 먹는 내내 노란 정장을 입고 오겠다던 그가 자꾸 눈에 밟혔다. 휴대폰은커녕 호출기도 거의 없던 시절이라 약속을 하면 꼼짝없이 그 자리에서 기다리는 수밖에 다른 방법이 없었다. 설마 하면서도 걱정이 되어 밥을 먹다 말고 친구와 함께 시계탑으로 향했다. 다행히 노란 정장은 보이지 않았다. 그래서 다시 돌아가려는데, 백화점 정문 왼편에 정말로 노란 정장에 노란 장미까지 든 남자가 서 있었다. "야야, 저기, 저기, 와, 진짜 노란색… 와, 진짜…." 친구가 내 옆구리를 찌르면서 작게 호들갑을 떨었다. 그러나 그에게 다가가서 "안녕하세요, 노란장미님. 제가 시숍입니다." 하고 인사할 자신이 없었다. 지금 돌아보면 그런 그가 멋지게도 느껴지지만, 그때의 우리는 그의 파격을 받아들일 만한 용기가 없었다. 결국 도망치듯 다시 닭갈비집으로 돌아갔다. 나중에 그는 게시판에 "제가 늦게 가서 만나지 못했습니다. 아쉽습니다."라는 글을 남겼다. 다행이라고 해야 할지, 그는 다음 정모가 있기 전에 팬클럽 활동을 그만두었다.

지금도 버스를 타고 신촌로터리를 지날 때면, 현대백화점 시계탑 앞을 물끄러미 바라본다. 과거의 인파가 거짓처럼 느껴질 만큼 한산하다. 그들은 모두 어디로 갔을까, 문득 궁금해진다. 그러나 여전히 설레는 마음으로 누군가를 기다리는 사람들은 있을 것이다. 홍대입구에서, 상수동에서, 합정동에서, 그리고 망원동에서 자리만 바뀌었을 뿐 저마다 이전과 똑같은 크기의 설렘과 두근거림을 안고 서 있을 것이다. 나도 현대백화점 시계탑 앞에 앉은 고등학생 김민섭의 마음을 간직한 채, 망원역 앞에서 사랑하는 이들을 기다린다.

1993년

— 난지도, 거기에 모든 것을 덮었다

#1

상암동 하늘공원을 걸을 때면 나도 모르게 발걸음이 조심스러워진다. 발밑에 무엇이 있는지 알기 때문이다. 우거진 억새, 한가로이 돌아가는 풍력발전기, 탁 트인 서울 시내의 전망을 바라보며, 나는 오래된 쓰레기 더미 위에 서 있다. 2002년 월드컵을 전후해 상암동에는 다섯 개의 공원이 생겼다. 한강과 월드컵경기장을 따라서 평화의 공원, 하늘공원과 노을공원, 난지한강공원과 난지천공원이 자리 잡았다. 그중 하늘공원과 노을공원은 서울시의 공식 쓰레기 매립지였던 '난지도'를 흙으로 덮어 만든 것이다. 두 공원에는 '매립가스 포집정'이라는 것이 일정한 간격을 두고 박혀 있다. 쓰레기가 썩어가며 발생하는 가스를 바깥으로 내보내기 위한 장치이다. 그 파이프들이 과거에 이곳이 쓰레기 매립지였다는 사실을 상기시켜 준다.

1990년대 초반, 성산동과 망원동의 여름은 평범하지 않았다. 봄이 지나고 초여름만 돼도 거리에 마치 새떼처럼 날아다니는 것이 있었다. 눈이 닿는 모든 곳을 점령한 그것은 다름 아닌 '파리'였다. 초파리, 쇠파리, 청파리, 왕파리 등 정말이지 온갖 종류의 파리를 어린 시절부터 보고 자랐다. 아마도 난지도에서 날아왔을 것이다. 주인은 있지만 목줄 없는 개들이 만들어낸 '개똥'을 거리 곳곳에서 볼 수 있었고, 쓰레기는 제대로 정돈되지 않은 채 골목마다 쌓여 있곤 했다. 파리들은 그런 곳에 다닥다닥 붙어 있었다. 여름이면 사람이 생활하는 모든 곳에 노란색 '끈끈이'가 붙었다. 마치 테이프처럼 파리가 한번 앉으면 몸이 달라붙어 날아갈 수 없는 물건이었다. 30cm 정도 되는 그것을 며칠만 달아놔도 더는 파리가 붙을 공간이 없이 새까매졌다. 식당에도, 포장마차에도, 초등학교 교실과 평범한 가정집에도 끈끈이가 나풀거렸다. 그때는 그것이 자연스러운 일상이었다. 난지도의 파리는 마치 여름 공기처럼 인근 주민들의 삶에 내려앉았다.

　　나와 몇몇 아이들은 파리를 잡는 '놀이'에 익숙해졌다. 끈끈이나 파리채 대신 손을 이용해서 잡았다. 앉아 있는 파리가 날아갈 방향을 예측해 손목에 스냅을 주면서 휙, 하고 빠르게 채면 어느새 주먹 안에 파리가 들어와 있곤 했다. 파리는 해충이라서 잡는 데 별다른 죄책감이 없었다. 나는 눈에 보이는 대로 파리를 잡았다. 거기에 열중하다 보면 하루에 100

마리를 잡는 일도 흔했다. 나중에는 날아다니는 파리를 잡으려면 어떻게 해야 하는지를 진지하게 연구하기도 했다. 싫든 좋든 파리는 어디에나 있었고, 어린 나에게 그것은 하나의 놀이였다.

지금 생각하면, 온갖 더러운 곳을 뒹굴던 파리들을 맨손으로 잡아냈다. 그러면서 손을 제대로 씻었나, 하는 기억이 별로 없다. 지금까지 딱히 큰 병에 걸린 적 없는 강한 면역력은 아마도 그때 형성된 것인지도 모르겠다. 어린 나와 마주할 기회가 주어진다면, 파리를 향해 슬금슬금 다가가는 나의 손목을 잡고서 파리는 그만 잡고 집에 들어가라고, 아니면 손이라도 제대로 씻으라고 말해주고 싶다. 사실 버릇이라는 게 무서워서, 지금도 파리가 앉아 있는 것을 보면 손목이 순간 꿈틀한다. 하루는 처가 식구들과 함께 밥을 먹는데 파리 한 마리가 자꾸 날아다녀서 잡아 바닥에 던졌다. 너무나 자연스럽게. 마치 초등학생 김민섭이 잠시 내 안으로 들어온 듯했다. 다들 말을 잇지 못하는 가운데 처남이 물었다. "매형, 지금 손으로 파리를 잡은 거예요? 아니, 그걸 어떻게 잡아요?" 나는 민망해서 그저 웃고 말았다.

이제는 한여름에도 파리가 떼를 지어 날아다니는 모습을 보기는 어렵다. 거리를 둘러봐도 파리가 앉을 만한 장소가 별로 없다. 쓰레기는 정해진 요일에 맞추어 배출되고 늦은 밤과 새벽 사이에 모두 수거된다. 마치 밤의 요정이 다녀간 것처럼 도시는 해가 뜨기 전에 깨끗해진다. 개들도 혼자 돌아다니며 아무데나 똥을 누지 않는다. 살아남은 파리들에게는 아마 재앙일 것이다. 나는 망원동과 성산동 거리를 오가며 '그 많던 파리들은 모두 어디로 갔을까?' 하고 가끔 생각한다.

#2

상암동에 위치한 난지도는 서울의 모든 쓰레기가 모여 만들어진 거대한 '쓰레기 산'이었다. 1978년부터 1993년까지 쌓인 도시의 폐기물이 몇 개의 등성이를 만들어냈다. 그곳에 버려지는 쓰레기 양이 하루에만 트럭으로 3000대였다고 텔레비전에서, 라디오에서, 그리고 어른들에게 들었다. 학교에서 분리수거를 강조하면서 하는 말은 항상 '난지도에 버려지는 쓰레기를 보라.'는 것이었다. (15년 동안 난지도에는 8.5톤 트럭 1300만 대 분량의 쓰레기가 매립되었다고 한다.)

난지도의 쓰레기를 소각하는 시간이 되면 인근에 사는 주민들은 창문을 닫았다. 널어놓은 빨래를 걷었고, 굳이 그 시간에 밥을 먹지 않았다.

그 시절에는 난지도에 가지 말라는 이야기를 참 많이 듣고 자랐다. 그래서 작은 언덕 하나만 넘으면 되는 상암동이 무슨 통제구역처럼 느껴지기도 했다. 초등학교에서도 난지도에 가지 말 것을 주기적으로 권고했다. 무작정 가지 말라고 하면 호기심을 부추겼겠지만, 거기에는 공포심을 자극하는 나름의 서사가 있었다. 한마디로 요약하면 '죽을 수도 있다'는 것이었다. 5학년 담임이었던 H 선생은 난지도에 '메탄가스'가 가득하다고 했다. 그게 뭔지 모르는 우리에게 그는 오래된 쓰레기에서는 가스가 나온다고 했다. 연탄가스 중독이라든가 가스 폭발이라든가, 가스라는 단어만 들어도 겁부터 나던 때였다. 당시 망원동의 대부분 집들이 연탄보일러를 사용했다. 실제로 내가 살던 연립도 그랬다. 겨울이 되면 누가 연탄가스를 마셔서 동치미 국물을 먹고도 입원했다더라, 하는 말들이 심심치 않게 돌았다. 100명이 넘게 사망한 '대구 가스 폭발 사건'도 1995년, 내가 초등학생이던 때 일어났다. 그런 우리에게 H 선생은 난지도에서 가스 폭발로 죽은 사람이 아주 많다고 했다. 거기에서 담배를 피우거나 라면을 끓여 먹기 위해 불을 피운 사람들이 메탄가스 폭발 때문에 죽는 일이 있다는 것이었다. '난지도에는 가까이 가면 안 되겠구나.' 하고 나는 생각했다. 지금도 하늘공원과 노을공원에 박혀 있는 매립가스 포집정들을 보면서 곁에 선 아이의 손을 꼭 쥐는 것은, 내가 그 서사를 들으면서 자란 난지도 인근 아이 중 하나였기 때문일 것이다.

하지만 거기에도 사람이 살았다. 내가 다닌 학교에는 상암동에서 온 아이들도 일부 있었다. 굳이 어디 사느냐고 물어보지 않아도 그들이 동의 경계를 넘어왔음을 알 수 있었다. 입은 옷이, 싸오는 반찬이, 그들을 대하는 일부 교사의 태도가 조금씩 달랐다. 난지도에 가면 안 된다는 훈화를 들으며 그들이 느꼈을 자괴감을, 나는 잘 상상할 수 없다. 난지도는 '산'이면서 하나의 '섬'이었다. 격리하고 배제해야 할 도시의 무인도 같았다. 내가 그 위쪽 가좌, 증산, 응암, 연신내 같은 지명들을 알게 된 건 모든 쓰레기가 흙으로 덮인 이후다. 이전에는 그 너머를 쉽게 떠올릴 수 없었다.

1993년, 난지도는 제 몸집보다 많은 서울의 모든 쓰레기를 받아들이고 포화 상태에 이르렀다. 그 후 월드컵을 개최한다며 쓰레기를 덮어 공원을 만들고, 축구장과 아파트가 들어서기까지 한참을 방치되어 있었다. 난지도는 잊힌, 어쩌면 잊혀야 할 공간이었다. 연기, 냄새, 파리, 그보다도 더욱 무서운 것은, 오랜 시간에 걸쳐 증폭된 혐오감이었다. 여전히 거기에서 삶을 이어가는 사람들이 있었지만, 그들을 상상하기란 힘들었다. 2000년을 전후해 난지도 사람들이 도시개발계획의 수립과 이행에 따라 어떠한 변화를 겪었는지는 잘 모르겠다. 토지 보상을 받아 제법 큰 돈을 손에 쥐었다는 사람들의 이야기를 종종 듣긴 했다. 그러나 대부분은 서울의 그 어느 변두리로 표류해 다시 그들만의 섬에 스며들었을 것이다. 어느 너머의 타인을 상상하지 않는 우리는 주변을 섬으로 만들며 스스로 섬이 된다. 지도가 닿지 않는 곳에도 여전히 사람이 있고, 그곳 아이들이 '동네'라는 감각을 가진 채 성장하고 있음에도 불구하고 그렇다.

도시에는 지도나 대중교통 노선도에는 나타나지 않는 무수한 섬들이 있다. 망리단길은 빠르게 업데이트되어도 난지도길은 제대로 검색조차 되지 않는다. 거기에 사람이 살고 있다는 감각은 점차 무디어진다. 그러다가 어느 순간 신도시와 택지라는 이름이 붙은 뒤 마땅히 사람이 살아야 할 도시의 일부로 편입되는 것이다. 높은 아파트와 프랜차이즈 가게들이 마치 무인도를 점령하듯 들어서고, 지하철역과 광역버스 정류장이 촘촘히 그 사이를 메운다. 그러고 나면, 거기에 오래 살았던 '그들'은 또 다른 섬을 찾아 조용히 자리를 떠난다. 그들은 마치 흩뿌려진 씨앗, 21세기 디아스포라의 상징과도 같다. 그들뿐 아니라, 나는 하루 서너 시간씩 광역버스와 지하철에 몸을 싣고 집과 직장을 오가는 수많은 사람이 모두 민들레 씨앗 같다는 생각을 종종 한다. '이산되다'라는 의미를 지닌 디아스포라는 난민처럼 강제 이주를 당한 이들이 아니더라도 우리 주변에 늘 있다.

망리단길도 '연트럴파크'도 원래는 하나의 섬이었다. 장마가 시작되면 망원동 사람들은 침수를 걱정했고, 기차가 지날 때면 연남동 아이들은 잠에서 깼다. 나는 6호선 지하철을 타고, 이전에 없던 지선버스를 타고 상암동으로 가는 언덕을 넘으며 우리가 흙으로 덮어버린 그 많던 쓰레기를 떠올리곤 한다. 그것들과 뒤섞인, 내가 뱉어낸 혐오와 망각의 부산물들은 아마도 가장 늦게 썩어갈 것이다.

1992년
— 자유로, 북한으로 가는 길

#1

나는 어린 시절부터 집 밖에 나가기를 싫어했다. 방에 누워서 책을 읽는 게 제일 좋았다. 다섯 살 즈음 가족과 함께 1박 2일로 설악산에 놀러 가서 찍은 사진을 보면 정말이지 어디 수용소에라도 끌려가는 듯 세상 우울한 표정을 하고 있다. 설악산에 도착해 어머니가 "그래도 나오니까 좋지, 민섭아?" 하고 물으니, 나의 첫마디는 "집…."이었다고 한다. 그 말에 어머니와 아버지가 얼마나 시무룩, 힘이 빠졌을지 이제야 조금 상상이 간다. 지금은 에버랜드로 바뀐 '자연농원'에서도 나는 놀이기구를 타러 가자는 말에 "동물원…." 하고는 울었다. 그래서 기껏 거기까지 가서 동물만 실컷 구경하고는 돌아왔다. 내가 확실하게 '싫다'는 의사 표현을 하게 된 뒤로 1박 이상의 가족 여행을 간 기억이 거의 없다. 아버지가 사둔 텐트는 '아람단 뒤뜰야영' 때 학교에 가져가서 딱 한 번 펴본 게 전부이다. 그때의 내가 무척 얄밉긴 했겠지만, 짜장면이나 한 그릇 사주면 그해 휴가비가 굳는 것이니 부모님 입장에서도 남는 장사였을 것이다. 다행히 두 분도 딱히 여행을 즐기지는 않았다.

1992년, 내가 열 살이 되던 해에 '자유로'가 생

겼다. 망원동에서 일산을 거쳐 파주(통일전망대)까지 갈 수 있는 자동차 전용도로가 뚫린 것이다. 그즈음 아버지는 출퇴근을 위해 가족의 첫 번째 자동차를 구입했다. 중고 세피아, 싸고 낡은 차였지만 집에 차 있는 친구들이 별로 없을 때라 '우리가 이렇게 사치를 부려도 되나.' 하는 심정이었다. 차가 생기고 얼마 지나지 않아, 어머니는 드라이브를 하자고 했다. 그 당시 아버지는 운전면허가 없었다. 어머니가 아버지를 출퇴근시켜주는 조건으로 차를 샀다고 들었다. 이제 겨우 도로연수를 끝낸 어머니가 운전석에 앉고, 다른 가족은 세상 무서운 줄 모르고 들떠서는 각자의 자리에 앉았다. 차는 곧 자유로에 진입했다.

일산까지나 갔을까. 비상등을 켠 차들이 경적을 울리며 우리를 지나쳐 갔다. 어머니는 "저 차들이 왜 저래." 하면서 긴장한 표정으로 앞만 보고 운전했다. 여자가 운전하니 그런가 보다, 뭐 그런 얘기도 했던 것 같다. 그때만 해도 "여자가 밥이나 하지, 뭐한다고 차를 몰고 나와!" 하고 삿대질하는 남성 운전자들이 많았다. 나도 어머니가 운전하는 차를 타고 있다가 험한 소리를 하는 남성 운전자들과 마주한 기억이 몇 번 있다. 지금이야 여성 운전자를 비하하는 '김여사'

라는 단어를 쓰는 것만으로도 비난을 받지만, 그때는 참 흔한 일이었다. 마치 도로는 남성의 전유물 같았고, 운전석의 페미니즘은 존재하지 않았다.

차 한 대가 경적을 울리며 바짝 붙어 서자 어머니는 창문을 내리고 그쪽을 바라보았다. 남성 운전자는 무어라고 몇 차례 소리를 질렀는데, "거기 바퀴, 연기! 연기!" 하는 것 같았다. 그러잖아도 어디서 타는 냄새가 나서 이상하던 참이었다. 어머니는 갓길에 차를 댔고, 우리는 급히 내렸다. 과연, 고무 타는 냄새와 함께 바퀴에서 연기가 피어오르고 있었다. 우선 가지고 있던 물을 모두 바퀴에 부었다. 어머니도 아버지도 왜 이런 문제가 생겼는지 알지 못한 채 난감한 표정으로 서 있었다. 이러다가 차에 불이라도 붙는 건 아닌가 걱정이 됐다. 우리 집 전 재산이 눈앞에서 사라져버릴 것만 같아서 눈물이 나려 했다. 그때 택시 한 대가 멈추더니 "사이드브레이크!" 하고 외쳤다. 그제야 우리는 어머니가 사이드브레이크를 걸어둔 채 운전한 것을 알았다. 차는 멈추어 있을 것과 앞으로 나아갈 것을 동시에 요구받은 셈이었다. 아마 차가 가장 힘들었을 것이다.

우리는 차의 열기가 식기를 기다렸다가 사이드 브레이크를 풀고는 조심스럽게 집으로 돌아왔다. 돌아오는 차 안에서 어머니에게 뭐라고 하는 사람은 없었다. 누구나 그런 실수를 하는 법이다. 그날 자유로에서 경적을 울려준 운전자들에게는 지금도 고맙다. "여자가 밥이냐!"보다는 "당신 차가 이상해!"라고 말해주는 사람들이 그때도 더 많았다. 자유로와의 첫 만남은 이처럼 위험하고 따뜻했다. 자칫 필요 이상으로 뜨거울 뻔했다.

자유로가 뚫리고 어머니가 운전을 하게 된 뒤로 우리 가족의 삶에 약간의 변화가 찾아왔다. 자주는 아니더라도 날씨 좋은 주말이면 자유로를 타고 행주, 고양, 일산, 파주, 임진각 인근까지 나가 외식을 하게 된 것이다. 외출을, 특히 동네 벗어나기를 싫어한 나도 그때만큼은 군소리 없이 따라나섰다. 사실 자유로가 생기기 이전에는 외식하는 일도 거의 없었다. 어머니도 '나가서 먹으면 다 돈이니 집에서 먹자.'는 주의여서, 정말이지 기념일이 아니면 언제나 '집밥'이었다. 어머니는 외식을 하다가도 "이거 내가 만들 수 있을 것 같은데…." 하고는 일주일쯤 지나서 정말 그 비슷한 음식을 만들어냈다. 그러고는 앞으로는 거기

갈 필요 없겠다며 기뻐했다. 하지만 자유로는 그런 어머니를, 가족의 주말을 바꾸어놓았다.

    망원동에서 자유로에 진입하는 데는 5분이 채 걸리지 않았다. 자유로를 타고 달리다 보면, 제일 먼저 '행주'라는 작은 마을로 빠지는 길이 나타났다. 행주대첩의 그 행주산성이 있는 곳이다. 내가 외삼촌이라고 부르는 어머니의 사촌 동생들이 그곳에서 농사를 짓고 살았다. 우리는 종종 놀러가 둠벙에서 잡은 민물고기로 만든 어죽(털레기라고도 불렀다.)도 먹고, 물뱀이나 맹꽁이 같은 것도 구경했다. 한번은 외삼촌들이 숯불에 굽던 큰 덩어리 하나를 내 입에 넣어주었다. 내 인생에서 처음 맛본 '민물장어구이'였다. 아직도 가장 강렬하고 맛있는 '한입'으로 기억하고 있다. 내가 그 감격스러운 순간을 어떤 형태로든 이야기했던 모양인지, 그날 이후 아버지는 특별한 날이면 "장어 먹으러 갈까?" 하고 물어보았다. 아예 행주까지 가서 양념된 장어를 사 와 집에서 굽는 날도 있었다. 내가 군대에서 휴가를 나온 날에도, 대학을 졸업한 날에도 우리 가족은 장어집을 찾았다. 그 영향 때문인지 나는 석사 논문이 통과되던 날에 '당연한 것처럼' 사귀던 여자 친구와 장어를 먹으러 갔다. 그러고 보니 장어 외식은 우리 가족에게 하나의 의식과 도 같았다.

장어를 먹으러 갈 때면 나와 동생은 각자의 저 금통을 열어 몇천 원씩을 몰래 따로 챙겼다. 지금 생 각하면 참 민망한 일인데, 혹시라도 장어값이 부족할 까 봐 걱정이 되어서였다. 어린 시절 나와 동생은 우 리 부모가 참 가난할 거라고 생각했다. 그건 아무래 도 어머니의 몸에 밴 '절약하는 습관' 때문이었을 것 이다. 밥그릇에 밥풀 하나 남겨서도 안 되는 건 당연 했고, 언젠가 화단에 쌀을 한 컵 쏟았는데 그걸 다 줍 고서야 집에 들어오게 한 일도 있었다. 한번은 망원 동 사거리에 지금도 있는 청기와 갈비에서 갈비를 먹 다가 아직 배가 부르지도 않은데 밖으로 나왔다. 그 때 어머니가 "우리 가족이 배가 부르려면 10만 원은 넘게 먹어야겠다."고 했던 게 아직도 기억난다. 우 리는 근처 '조박사 칼국수'에 가서 칼국수 한 그릇씩 을 먹고 집에 들어갔다. 외식하러 나와서 갈비를 먹 다가 돈 때문에 칼국수로 배를 채우고 들어가는 가족 이라니. 그날 이후로 나에겐 외식은 아주 돈이 많은 사람들이 하는 것이라는 선입견이 생겼다. 그래서 대 학 들어가 사귄 여자 친구가 삼겹살을 먹자고 했을 때

"그렇게 비싼 걸 먹으면 어떡해."라고 나도 모르게 말해버렸다. 당연한 결과지만, 그날 우리는 엄청 싸우고 헤어졌다.

음식을 다 먹고 아버지가 계산대로 가면, 나는 그쪽을 슬며시 쳐다보았다. 혹시라도 돈이 모자랄 것 같으면 내가 가져온 돈을 보태기 위해서였다. 지금처럼 신용카드나 체크카드를 일반적으로 쓰던 때도 아니어서, 아버지는 지갑에서 현금을 꺼내 하나둘 세어 보고는 식당 주인에게 내밀었다. 다행히 돈이 모자라는 일은 없었다. 나중에 아버지의 지갑에서 하얀색 수표가 나오는 것을 몇 번 보고서는 1000원짜리를 주섬주섬 챙겨가는 일도 곧 그만두었다.

#2

자유로는 강변북로, 외곽순환고속도로, 서부간선도로 같은 딱딱한 도로명과는 달리 '자유'라는 특별한 이름을 가졌다. 아마도 북한으로 가는 길이기 때문일 것이다. 한강변을 타고 형성된 강변북로가 망원동을 지나며 어느 순간 자유로가 되고, 그 길이 임진각까지 이어진다. 통일이 된다면 경의선 철도와 함께 개성이든 평양이든 북한의 도시로 이어지는 첫 번째 육로가 될 것이다.

　　우리 가족은 '그 사건' 이후 얼마 지나지 않아 다시 자유로 나들이에 나섰다. 이번에는 사이드브레이크 내리는 것을 잊지 않았다. 통일전망대 인근까지 갔던 것 같다. 아버지는 조금만 더 가면 북한이라고, 30분이면 개성에도 갈 수 있을 것이라고 말했다. 아버지는 북한에 대해 이야기하는 것을 좋아했다. 반공을 교육이 아닌 삶으로 받아낸 '베이비붐 세대' 대부분이 비슷하겠지만, 아무래도 1·4후퇴 때 헤어진 누이 때문에 더욱 그랬을 것이다. 할머니는 죽기 전에 단 한 번이라도 당신의 큰딸을 만나보고 싶다고 입버릇처럼 이야기했고, 큰아버지와 아버지는 적십자의 '이산가족 상봉' 소식이 있을 때마다 신청을 했다. 그러나 할머니는 결국 명단에 포함되지 못한 채 2013년 가을에 갑작스러운 교통사고로 돌아가셨다. 96세. 그때까지도 텃밭을 일구거나 몇 정거장을 거뜬히 걸어 다닐 만큼 정정하셨다. 언젠가 이루어질 큰딸과의 만남을 위해 그렇게 오래 건강하셨는지도 모르겠다.

　　내가 대학생이 되었을 무렵, 아버지는 북한에

사는 큰고모 측에서 만남을 거부했다는 내용의 이야기를 들려주었다. 고모가 북한에서 그럭저럭 자리를 잡은 데다, 우리를 만나는 것이 그쪽 삶에 도움이 되지 않을 것 같다고 했단다. 고모의 선택을 완전히 이해할 순 없었지만, 남한의 가족을 만나는 일이 그의 일상을 위협할 수도 있겠다는 생각이 들었다. 거기에도 가족이 있을 테니까, 고모의 마음은 오죽하겠나 싶었다. 얼굴 한번 본 일이 없는 큰고모의 삶을 그 처지에서 이해하게 될 만큼, 나는 훌쩍 자라 있었다. 아버지와 큰아버지가 그 사실을 할머니께 말씀드렸는지는 모르겠다. 다만 돌아가시기 전까지 이산가족 상봉 신청을 꾸준히 한 것으로 알고 있고, 할머니는 그에 대한 희망을 버리지 않으셨으니 굳이 그 말을 전하지는 않았을 것 같다. 50년 전 한 번 후퇴한 한 일가의 삶을 되돌리기에는 너무나 많은 시간이 흘렀다.

2002년 여름, 나는 금강산에 다녀왔다. (1998년부터 2008년까지 금강산 관광이 가능했다. 2004년부터는 자유로를 타고 가는 육로 관광 코스도 생겼다.) 자유로를 통해 가면 더욱 좋았겠지만, 그때는 유람선을 타고 가야 했다. 배 안에서 숙박하며 허가된 일부 지역만 안내원과 함께 돌아다닐 수 있었다. 금강산도 안내원과 함께 올랐다. 이십대 여성인 그가 우리에게 대학에서 어떤 공부를 하느냐고 물었고, 우리는 한목소리로 "역사학이요!" 하고 대답했다. (나는 국문학을 전공했지만 새내기 때 역사문화학과 분반으로 배정되었다.) 안내원의 반응이 정확히 기억나지는 않지만, 그가 우리에게 '부럽다'는 말을 했던 것 같다. 그러자 학회장 J가 "제가 명예 학생증을 만들어드릴게요." 하고 말했다. 출신 성분과 당성 같은 것을 모두 고려해 선발되었을 그 안내원은 "기럼 통일이 되면 저도 대학에서 함께 수업을 들을 수 있겠네요?" 하며 장난스럽게 말을 받았다. 나를 비롯한 주변에 있던 모두가 그럼요, 기다릴게요, 시험 보게 되면 제가 족보 다 구해드릴게요, 같은 책임질 수 없는 약속들을 늘어놓았다. 안내원은 "빨리 통일이 되어야지요." 하고 웃었다. 우리는 산을 오르던 그가 몰래 우는 것을 보았다.

4박 5일의 금강산 여행을 마친 나는 다시 망원동으로 돌아왔다. 그리고 가족이 모두 모인 저녁 식사 시간에 기념품 대신 생수병 하나를 내밀었다. "이거 금강산에서 떠온 물인데 같이 나눠 먹어요." 우리는 그 물을 잔에 따라 조금씩 나눠 마셨다. 할머니께도 맛보여드리고 싶었지만, 한 시간 거리에 있는 큰 집에 갈 핑계는 못 되는 것 같아서 그만두었다. 아마 가져갔더라면 참 좋아하셨을 텐데, 이제는 그런 기억들이 모두 후회로 남는다.

　자유로는 아직도 임진각 언저리에서 끊겨 있다. 자동차들은 마치 사이드브레이크를 끝까지 걸어놓은 것처럼 더는 앞으로 나아가지 못한다. 그래도 나는 개성과 평양까지 연장된 자유로를 타고 가족 모두 나들이 갈 '어느 좋은 날'을 꿈꾼다. 빨리 통일이 되어야 한다던 내 또래의 북한 안내원에게까지 어서 자유(로)가 닿기를 바란다. 망원동에서 평양까지 놓일 새로운 자유가 우리의 삶을 다시 한번 바꾸어주리라 믿는다. 그리고 혹시라도 아이들이 나 몰래 자신의 저금통에서 돈을 챙기려고 하면 "괜찮아. 아빠 돈 많아." 거짓말을 하며 꼭 안아주고 싶다.

1990년

— 그해 겨울을 기억하다

#1

나는 성미산 서쪽 자락에 자리 잡은 성서초등학교에 다녔다. 가방을 메고 포장된 산길을 따라 걸어 올라가면 아카시아 가득한 성미산길과 학교 후문이 나타났다. 아침이면 산을 타고 내려온 나무 냄새가 참 좋았다.

성서초등학교 말고도 근처에는 망원초등학교, 동교초등학교, 성산초등학교가 있었다. 동교초등학교와 성산초등학교는 동교동과 성산동이 아닌 망원동에 있었고, 망원초등학교와 성서초등학교만이 그럭저럭 제 이름에 걸맞은 자리에 있었다. 왜 학교 위치와 무관한 이름을 지었는지는 지금도 잘 모르겠다. 내 어머니는 망원역 사거리에 있는 성산초등학교 출신이다. 원래는 홍대입구 가까이에 있는 서교초등학교를 다니다가 4학년 때인가, 성산초등학교가 생기는 바람에 강제 전학을 갔다고 들었다. 어머니에게 그 시절에는 무엇을 하며 놀았냐고 물어보면 "개구리 잡아서 뒷다리 구워 먹고 놀았지. 그때는 여기가 다 논하고 밭이었는데 뭐." 하고 답했다. 나로선 상상이 잘 안 가는 풍경이다.

성서초등학교에 다니면 그럭저럭 모범생이 될 수밖에 없었다. 학교 주변에 유해업소가 거의 없었기 때문인데, 특히 학교 후문 쪽은 '에덴 문방구'라는 작은 문구점 하나를 제외하고는 모두 주택이었다. 가끔 달고나를 파는 포장마차가 서는 것이 고작이었다. 망원초등학교에 다니던 친구들이 떡꼬치나 슬러시 같은 것을 먹으며 집으로 돌아갈 때, 나는 포장마차 옆에 쪼그리고 앉아서 50원짜리 달고나를 먹었다. 마포구청과 가장 가까운 학교인 탓도 있었겠지만, 당시 성서초등학교 교감은 상당히 꼬장꼬장한 교육자였다. 학교 앞에서 위험한 물건이나 불량식품 파는 것을 그대로 두고 보지 않았다. 한번은 등교하는데 그가 에덴 문방구 주인에게 학교 앞에서 애들한테 이런 물건을 팔아도 되느냐며 얼굴 붉히는 것을 보았다. 확실하지는 않지만, 아마도 '방귀 폭탄' 때문이었던 것 같다. 깔고 앉으면 방귀 소리를 내며 터지는, 고약한 냄새까지 나도록 만들어진 작은 주머니였다. 몇몇 '얼리어댑터 국딩'들이 그것을 사와서 놀았지만, 교감의 활약 덕분인지 그 이상한 장난감은 곧 학교에서 자취를 감추었다. 그러니까 별로 '유해할' 틈을 주지 않는 그런 학교였다.

한번은 '소년동아일보'에서 포카칩 출시 기념 쿠폰을 뿌렸는데, 성산동에는 그걸 교환할 만한 곳이 없었다. 결국 몇몇이 학교 끝나고 망원동으로 원정을 다녀왔다. 지금도 성산동은 망원동과 비교하면 주택가 중심의 동네인데, 이것은 90년대 초부터 이어져온 꽤나 오래된 역사를 가지고 있다.

#2

초등학교 교실 한가운데에는 정사각형 모양의 틀이 하나 있었다. (내가 6학년이던 1996년에 초등학교로 명칭이 바뀌어서, 나는 국민학교에 입학해 초등학교를 졸업한 세대가 되었다.) 겨울이 가까워져 오면 그 자리에 항아리 바나나 우유를 닮은 녹슨 철제 난로가 자리를 잡았다. 직접 불쏘시개를 만들어 불을 붙인 다음 계속 나무장작을 집어넣어야 했다. 난로와 가까운 자리는 뜨거웠고, 먼 자리는 추웠다. 그 온기로 겨울방학이 오기 전까지 버텼다. 여름에는 교실 천장에 매달린 선풍기 네 대가 냉방의 전부였다. 선풍기는 우리의 머리 위에서 쉼 없이 돌아가며 더운 바람을 만들어냈다. 자리 운 없는 아이들에게는 그 바람마저도 가닿지 않았다. 한 교사는 아이들이 떠들 때마다 선풍기를 끄겠다는 협박을 자주 했는데, 하루는 정말 선풍기를 모두 끄고 수업을 한 적도 있다. 얼마나 혹독한 체벌이었는지 25년이 지난 지금도 그때 흐르던 땀이, 서로의 체온으로 올라가던 교실의 수은주가 생생히 기억난다. 중학생이 되어서야 겨우 온풍기가 있는 교실에서 생활할 수 있었고, 고등학생 때는 학부모들이 돈을 모았다고 했던가, 고3 교실에만 큰 에어컨이 하나씩 있었다. 이것은 망원동만의 특별한 기억이라기보다 서울 시내 대부분 학교의 평범한 풍경이었다.

그 시절엔 '주번'이라는 것을 매주 돌아가면서 맡았다. 주번이 하는 일이란 칠판지우개 털기, 우유 받아 오기, 교탁 청소, 화분에 물 주기 등 온갖 잡다한 것이었다. 6학년 주번들은 몇몇씩 차출되어 동그란 초록색 표찰을 달고 교칙을 어기는 저학년들을 잡아내기도 했다. 간혹 지우개에 분필 가루가 묻어 있거나 교탁 주변이 지저분하면 교사들은 "주번 누구야? 주번 나와!" 하고 소리를 질렀다. 그러면 주번 두 명이 쭈뼛쭈뼛 앞으로 나가 손바닥을 맞기도 하고 벌을 서기도 했다. 책을 소리 내어 읽거나 칠판에 적힌 문제를 풀어야 할 때마다 주번을 찾는 교사들도 있었다. 그래서 주번은 늘 고달팠다.

　　겨울에는 아침마다 각 학급의 주번이나 난로 당번들이 페인트 통 같은 것을 들고 학교 창고 앞에 줄을 섰다. 난로에 넣을 장작을 얻기 위해서였다. 소사라고 해야 할까 수위라고 해야 할까, 학교에 늘 있던 아저씨들이 적당한 크기의 장작을 각자의 빈 통에 넣어주었다. 아이들은 그것을 들고 교실로 돌아갔다. 불을 때는 것은 교사들의 몫이었다. 그들은 목장갑을 끼고 신문지를 불씨 삼아 장작에 불을 붙였다. 어른 팔뚝만 한 마른 장작에는 불이 잘 붙었다. 하지만 춥다고 무턱대고 불을 때다 보면 장작은 곧 바닥을 드러냈다. 그러면 하교할 때까지 모두가 추위에 떨어야 했다. 결국 연료를 어떻게 조절하느냐가 관건이었다. 노련한 교사들은 불 조절을 잘했지만, 젊은 교사들은 종종 점심시간 이전에 장작을 모두 써버리곤 했다.

　　그러던 어느 추운 날, 오전부터 장작이 다 떨어졌다. 불씨가 죽어가는 것이 몸으로 느껴졌다. 수업을 하던 젊은 교사는 아이들보다도 추위를 참지 못했다. 그가 학교에서 주는 장작의 양이 너무 적다고 불평하자 아마도 부반장이었을 누군가가 손을 들고는 "몰래 장작을 훔쳐올게요." 하고 말했다. 젊은 교사는 그러면 안 된다고 했지만, 잠시 뒤 그 아이에게 "장작을 좀 더 가져올 수 있을까?" 하고 물었다. 즉석에서 부반장을 비롯해 서너 명의 장작 원정대가 결성되었다. 그들은 한껏 들뜨고 비장한 표정이었다. 나는 원정대가 정말로 장작을 가지고 돌아오면 좋겠다고 생각했다. 교실 안은 입김이 나올 만큼 추웠다. 젊은 교사는 교실을 나서는 아이들에게 "혹시 들키면 선생님은 모르는 일이야. 특히 교감 선생님한테는 절대 들키지 마." 하고 조심스럽게 말했다. 그때는 그의 비겁함보다도 그저 상황이 재미있어서 웃었다.

시간이 지나고 그들이 돌아왔다. 조개탄을 가득 채운 통을 들고 마치 개선장군처럼 당당하게 문을 열어젖혔다. 우리는 박수를 보내며 환호했다. 젊은 교사는 성공을 기대하지 않았는지 '정말 가져왔어?' 하는 표정으로 아이들을 칭찬했다. 덕분에 교실은 곧 따뜻해졌다. 원정대가 어떻게 아무에게도 들키지 않고 조개탄을 가져올 수 있었는지는 아직도 모를 일이다.

주번은 수업이 끝나고 청소 시간이 되면 노란색 양은 주전자에 물을 가득 담아 와서는 난로에 부었다. 아직 불씨가 남은 난로에서는 치이익 소리와 함께 하얀 수증기가 피어올랐다. 그러고는 긴 쇠막대기로 재를 부수고 그것을 쓰레받기에 담아 가져다 버렸다. 잘못해서 얼굴에 재를 뒤집어쓰는 일도 흔했다.

　　'국민학생'들은 확실히 공부 이외의 많은 일을 '이것도 다 공부'라는 논리로 강요받았다. 왁스로 바닥을 닦고 운동장 풀을 뽑는 일은 '환경 미화'로 포장되었고, 학생이 학생을 통제하고 감시하는 일은 '선도'가 되었다. 학부모도 예외가 아니었다. 학급 임원 어머니들은 모두 녹색어머니회에 가입해야 했다. 등하교 시간마다 횡단보도 앞에서 신호에 따라 녹색 깃발을 들고 올렸다가 내리기를 반복했다. 교실의 화분과 어항, 거울을 사는 일도 학생들에게 배정되었다. 저학년 시절, 나의 담임교사는 "옆 반은 학생들이 화분과 어항을 너무 많이 가져와서 둘 데도 없다던데, 우리 반 어머니들은 너희에게 관심이 없는 모양이다." 하고 꽤나 야멸차게 말했다. 다음 날 어머니가 나팔꽃 화분 하나를 내게 들려 보냈고, 다른 친구 몇도 무언가를 들고 왔다. 소풍이나 수학여행을 가면 학급 임원 어머니들은 담임교사의 도시락까지 고민해야 했다. 나도 부반장을 한번 한 적이 있는데, 그때도 어머니는 도시락 세 개를 싸서 주었다. 내 도시락, 담임 도시락 그리고 버스 기사의 도시락이었다.

90년대의 국민학교는 직원을 뽑아 인건비를 지급하며 진행해야 할 일들을, 학교 예산으로 마련해야 할 물품의 구매를 학생이나 학부모에게 상당 부분 전가했다. 이러한 헌신의 착취가 오랫동안 이루어져왔다. 지금도 여전히 초등학교에서는 어머니들이 순번을 정해 배식을 하고, 신호등 앞에서 교통지도를 하는 데 동원된다. 나는 내 아이들이 의무교육 시스템에 편입되었을 때 나와 아내가 그러한 헌신을 요구받지 않기를 바란다. 그로부터 30년이 지난 초등학교의 모습이 그래도 국민학교보다는 상식과 합리를 기반으로 하고 있으리라 믿는다.

#3

월요일이면 아침마다 '애국조회'가 열렸다. 전교생이 운동장에 모여 국기에 대한 맹세를 하고, 애국가를 부르고, 국민체조를 하고, 교장의 훈화를 듣고, 교가를 불렀다. 교장이 나올 때까지 아이들은 흐트러짐 없이 서 있어야 했다. 체육교사나 학생부장이 기합과

협박을 반복하며 아이들을 줄 세웠다. 누군가는 시범 케이스로 뺨을 맞았고, 발길질을 당한 아이도 있었다. 일본식 말투가 입에 밴 교장은 "에또… 마지막으로…." 하면서 끝이 보이지 않는 훈화를 이어나갔다. 질서와 규율을 잘 지켜라, 일본 학생들을 닮아야 한다, 뭐 그런 내용이었던 것으로 기억한다. 전교생 앞에서 상을 받는 아이들도 늘 있었다. 교감은 "타의 모범이 되었으므로 이에 표창함. 누구누구 대독." 하면서 내게 모범이 된 아이에게 상장을 주었고, 나는 열없이 박수를 보냈다.

조회가 길어지면 반드시 한두 명이 쓰러졌다. 빈혈이나 영양실조 같은 이유로 오래 서 있기 힘든 아이들이었다. 그러면 체육교사나 담임교사가 쓰러진 아이를 부축해 양호실로 데려갔다. 마이크에서 그 아이들을 걱정하는 말이 들린 일은 별로 없다. 대개는 아무 일도 없다는 듯 지루한 훈화가 계속 이어졌고, 가끔 혀를 차는 소리와 함께 요즘 학생들은 정신력이 부족하다는 내용의 훈계가 들려오기도 했다. 그래서 우리는 쓰러진 아이에 대한 걱정보다는 무리에서 이탈한 데 대한 경멸, 덕분에 조회가 길어지게 되었다는 원망이나 분노 같은 감정이 먼저 일었다.

그런 월요일을 매주 보낸 이들이 이제 삼십대가 되고 사십대가 되었다. 나는 학교에서 '끊임없이 개인을 지우고 단체에 종속되는 것'을 하나의 '훈'으로서 강요받았다. 대학, 군대, 그리고 직장(나의 경우는 대학원)에 이르기까지 그 훈은 다양한 형태로 다시 나타났다. 나는 피해자이면서 동시에 가해자였다. "가족처럼 다 함께 으쌰으쌰 해야지." "형한테/선배한테/선임한테 말버릇이 그게 뭐야?" "직장 상사는/교수님은 아버지야." 이것은 내가 수없이 들은, 그리고 누군가에게 다시 뱉어낸 못난 언어들이다. 좋게 말하면 '연대', 나쁘게 말하면 '패거리'라고 이름 붙일 수 있는 작은 괴물은 그 월요일 아침부터 꾸역꾸역 자라나기 시작했다. 그리고 누군가를 줄 세울 수 있게 된 어느 순간, 나는 손쉽게 괴물이 되었다.

국민학교는 그 이름처럼, 그 시절 '국민 동원의 장'으로서의 역할을 훌륭하게 수행했다. 학생과 학부모를 크고 작은 노동에 동원하고 비용을 지불하게 하는 것뿐만 아니라, 가정의 자원을 여러 방식으로 수거하기도 했다. 매달 '폐품의 날'이 정해져 있었는데, 그날이 되면 학생들은 신문이나 박스 같은 폐지를 들고 학교에 갔다. 적어도 2kg 이상을 가져와야 한다는 매뉴얼이 있었다. 개인과 한 학급이 모은 폐품의 무게가 kg 단위로 자세히 기록되었고, 1등을 한 반에는 축구공을 선물로 주거나 애국조회 때 '타의 모범이 된다.'는 칭찬을 하는 등 나름의 보상도 있었다. 그래서 폐품의 무게를 두고도 반마다 경쟁이 붙었다. 집에서 신문을 볼 형편이 되는 아이들은 부모가 그것을 차곡차곡 모아두었다가 들려 보냈지만, 그렇지 못한 아이들도 많았다. 그런 아이들은 친구들에게 신문지를 조금씩 얻거나 길거리를 돌아다니며 버려진 박스를 주웠다.

바자회도 해마다 두어 번씩 열렸다. 옷, 책, 가전제품 등 집 안의 '쓸 만한' 물건을 1인당 몇 개씩 학교에 가져가야 했다. 학교는 그것을 수거해 학생과 학부모에게 다시 팔았다. 우리는 운동장에 모여서 우리가 낸 물건들을 돈 주고 다시 샀다. 책 한 권이 2500원 정도 하던 시절인데, 바자회에 나온 책들은 대개 300원이었다. 그래서 나는 책이 쌓인 곳을 부지런히 돌아다니며 열 권 가까이 사곤 했다.

철마다 불우이웃돕기 성금을 모았고, 때로는 농민을 돕는다며 1인당 몇 포기씩 배추를 사서 집에 가져가기도 했다. 겨울이면 크리스마스실을 샀다. 국민학생들은 마치 개미처럼 각 가정의 자원을 학교로 배달했다. 대한민국의 모든 학교에서 학생/학부모의 노동과 그 가정의 자원을 요구하고 수거해 갔다. 국민학교는 국민이면 누구나 다녀야 할 의무교육기관이었으니까, 거의 모든 가정이 이 동원에서 자유로울 수 없었다.

그러한 구조 안에서 우리는 어렴풋이 '국가의 가난'을 몸에 새겼다. 한국전쟁을 젊은 나이에 겪은 몇몇 육십대 교사들은 자신들의 언어를 거기에 보탰다. 학교에서 우유를 먹을 수 있는 것에 감사하고 우유팩을 양쪽으로 열어 남은 한 방울까지 다 털어 먹어라, 도시락의 밥알을 한 톨이라도 남기면 집에 갈 수 없다, 분리수거를 할 때는 손톱만 한 종이 하나까지 모두 골라내라, 하는 것들이었다. 전쟁 이후 두 번째 세대의 교육을 맡은 그들은 일종의 매너리즘과 사명감을 함께 가지고 있었다. 특히 3학년 담임이던 S는 난로에 장작을 집어넣을 때마다 이처럼 따뜻한 교실에서 공부할 수 있음에 감사하라고 말했다. 반공교육 시간에 한국전쟁에 관한 비디오를 보다가 그가 눈물 흘리던 것을 나는 아직도 기억한다. 미국에서 원조받은 가루우유에 더욱 익숙할 그가 '서울우유'를 먹는 학생들을 보며 어떠한 감정을 느꼈을까, 나는 잘 알 수가 없다.

되돌아보면 그토록 더웠던 여름과 추웠던 겨울이, 열중쉬어 자세로 훈화를 듣던 학교 운동장이, 장작을 훔치기 위해 원정대를 결성한 그 어느 날들이 모두 꿈만 같다. 다만 그것을 '검정 고무신'처럼 추억하고 싶지는 않다. 무엇이든 추억하면 미화하게 된다. 내가 외면한 괴물들은 내 다음 세대의 가슴속에서 다시 자라날 것이다. 그래서 나는 있는 그대로 '기억'하기로 한다. 내 아이들이 성산동과 망원동에서 학교에 다니게 될지는 잘 모르겠다. 성서초등학교나 성산초등학교에 배정받아 아버지와 할머니의 후배가 된다면 참 멋진 일이겠다. 아이가 아카시아 활짝 핀 성미산길을 따라 등교하는 모습을 상상하면 가슴이 두근거린다. 다만 어느 길을 걷든 대한민국보다는 자기 자신을, 그리고 자신을 닮은 친구들을 더 사랑하는 한 존재로서, 내딛는 길음만큼 조금씩 커나가면 좋겠다.

1984년
— 망원동, 물이 놀던 곳

어느 날, 신촌 인근의 대학원에 다니는 친구에게 전화가 왔다. 논문 학기가 되어 학교 근처에 집을 구하려는데, 상수동이나 연남동은 너무 비싸니 망원동에 적당한 곳을 추천해달라고 했다. 나는 그에게 "망원동은 수해가…." 하고 말하다가 곧 얼버무렸다. 친구가 무슨 말이냐고 묻기에 예전에는 비가 오면 망원동이 침수 피해를 많이 입었다고, 그러니까 반 지층은 피해서 방을 구하라고 말해주었다. 망원 유수지 쪽이 역 근처보다는 쌀 테니 거기로 가보라고도 했다. 며칠 후, 친구에게 다시 전화가 왔다. 부동산에 가서 침수 피해에 대해 이야기했더니 모두가 웃어서 민망했다고, 유수지 근처도 망원역보다 크게 싼 것도 아니었다고 했다. 그러면서 어딜 가든 '보증금 1000에 월세 50'이니, 은평구 쪽으로 더 올라가보겠다고 했다. 나는 연신내에 가까워질수록 방값도 싸질 거라고 말해주었다.

사실 망원동은 나에게 '침수'로 기억되는 동네다. 1984년 9월, 내가 태어난 이듬해에 큰 수해가 났다고 한다. 아직 돌도 되기 전이었으니 내 기억에는 없는 일이다. 다만 그 홍수가 얼마나 대단했는지, 지금 망원역 인근 큰 도로에 다다르면 곁에 있던 집안 어른들은 "그때 여기까지 다 물에 잠겼지…." 하고 회고하곤 했다. 특히 망원동에 살던 외삼촌들은 그 이야기를 만날 때마다 꺼냈다. 나는 도로가 잠겼다는 게 도무지 상상이 가지 않아서 그 말을 다 믿지는 않았지만, '망원동=침수'로 각인되는 계기가 되었다. 그건 어머니도 마찬가지였다. 나는 한강과 인접한 망원동이 좋아서 거기로 이사를 가자고 여러 번 졸랐다. 그때마다 어머니는 "거기는 비만 오면 걱정해야 하는데 뭐가 좋아." 하고 잘라 말했다. 지역에서 대를 이어 살아온 어머니에게 망원동은 침수를 걱정해야 하는 동네였다. 성미산자락에 자리 잡은 성산동은 망원동과는 달리 고지대에 있었다. 어른들은 북한이 평화의 댐을 터뜨려서 서울이 다 잠겨도 성산동은 괜찮다는 말을 하곤 했는데, 그럴 때면 어린 나는 괜스레 안심이 되곤 했다.

망원동에는 지금도 유수지가 있다. 평소에는 체육시설과 주차장으로 쓰이지만, 한강물이 넘치면 물을 가두어두기 위한 공간으로 변한다. 큰 침수 피해가 난 1984년 9월에는 사흘 동안 300mm가 넘는 비가 내렸고, 결국 유수지의 수문이 '터졌'다고 한다. 자세한 경위까진 알 수 없지만, 둑이 터진 것처럼 망원동 주민들이 물폭탄을 맞은 것이다. 유수지에서 흘러나온 한강물이 저지대인 망원동을 그대로 덮쳐 동네 전체가 물에 잠겼다. 언젠가 아버지는 "그때 우리가 북한한테 쌀도 받고 그랬어." 하고 말했다. 내가 믿지 않는 눈치를 보이니 답답해하기까지 했다. 그때만 해도 반공교육이 남아 있었다. "나는 공산당이 싫어요." 하고 외쳤다는 이승복 어린이를 찬양하는 글짓기 대회가 열렸고, '무찌르자 공산당'이라는 표어를 적어 미술 시간에 제출해야 했다. 그러니까 반공교육을 받은 우리가 생각할 때 북한으로부터 구호물품을 받을 일은 없을뿐더러, 절대 받아서도 안 되는 것이었다. 그런데 1984년에 북한 적십자는 정말로 쌀과 천, 시멘트 같은 구호물품을 보내왔고, 그것이 망원동 주민들에게 전달되었다고 한다. 아버지는 "북한이 남한보다 잘살던 때도 있었어. 구호물품을 보냈을 때는 사실 우리가 더 잘살았지만, 남한에 쌀도 줄 만큼 잘산다는 잘난 척이 필요했던 거지." 하고 자신의 논평까지 곁들여 그때 일을 어린 나에게 꽤나 자세하게 설명해주었다. 그다지 친절한 사람은 아니었지만, 아버지는 자신의 주관을 담아 정리해주는 버릇이 있었다. 특히 그 이야기는 꽤나 납득이 가는 것이어서 지금도 종종 기억나곤 한다.

1990년대만 해도, 태풍이 올 때마다 망원동뿐 아니라 많은 지역이 침수 피해를 겪었다. 텔레비전에는 하천이 범람해서 한 마을을 집어삼키는 장면이 흔하게 나왔다. 지붕에 올라가 구조를 기다리는 사람들, 흙탕물에 떠내려가는 집, 간신히 살아남은 가축 등 자료화면이 나오는 가운데 뉴스 앵커는 "한강물이 몇 미터까지 차올랐습니다." 하고 급박하게 상황을 전했다. 마치 전쟁이라도 난 것 같았고, 그 긴장감은 성산동에 사는 나에게까지 고스란히 전달되었다. 그렇게 여름마다 반복되던 '수해의 풍경'들은 이제 어딘가에 수몰된 듯하다. 도시는 이전보다 더 물을 쉽게 '관리'할 수 있게 되었고, 망원동 유수지의 수문도 정비되었다. 서울도, 망원동도, 이제는 웬만한 비에는 침수되지 않는다. (물론 우리 어머니를 비롯한 망원동 토박이들의 생각은 조금 다를지도 모르겠다.)

이제는 망리단길이 된 그 거리에서 물이 들어찬 옛날을 떠올리는 사람은 별로 없다. 부동산에서도 침수 이야기를 꺼내면 "아유, 그게 언제 이야기예요." 하고 웃는다. 적어도 침수를 핑계 삼아 부동산 가격을 흥정하던 시절은 끝난 모양이다.

망원동이 물에 잠기는 일도, 북한에서 보낸 쌀을 받는 일도 아마 이제 다시는 없을 것이다. 유수지에 물이 들어와 노는 모습을 보기도 힘들 것이다. 하지만 20년이 지난 지금도 장마가 찾아올 때마다 "망원동은 괜찮을까?" 하는 걱정도 함께 따라온다. 점점 옅어지지만 끝내 사라지지는 않을 그 기억들은 유수지의 물처럼 계속 내 안에서 노닐 것이다.

다시, 2017년

— 안녕히, 나의 망원동

#1

망리단길 끝자락에는 '용국수'라는 작은 국숫집이 있었다. 콩국수와 열무비빔국수가 맛있는 곳이었다. (체인점인 용우동과는 아무 관련이 없고, 자녀의 이름에서 한 글자를 따와 상호를 지었다는 말을 누군가에게 전해 들었다.) 아는 분 소개로 칼국수를 한번 먹은 뒤로는 국수가 먹고 싶을 때마다 망원시장의 '홍두깨 칼국수' 대신 용국수를 찾았다. 그렇게 몇 개월이 지났을까. 콩국수를 먹으려고 들른 7월 어느 날, 식당 주인에게 "이번 달 말까지만 영업해요." 하는 말을 들었다. 나도 모르게 "왜요?" 하는 말이 먼저 나왔다. 그는 "아니, 뭐 그냥… 힘들어서요." 하고 답했다. 그때는 환갑이 넘은 그가 정말로 몸이 힘들어 그만두려니 싶었다.

국수를 다 먹고 계산을 하면서 "망원동에 여기 말고 국수 먹을 데 별로 없는 거 아시잖아요." 하고 서운함을 표하자, 그는 "아유, 뭐 망원시장 거기 홍두깨… 거기 가서 먹으면 되죠." 했다. 그러고는 "사실은… 임대료를 너무 올려달라고 그러네. 한 달에 70만 원 내던 걸 120만 원 내라니 인제 그만둬야지 뭐…." 하고 덧붙였다. 나는 4000원짜리 국수를 팔아서 매달 120만 원을 내려면 몇 그릇을 팔아야 하나, 생각해보다가 잘 먹었다는 인사를 하고는 식당을 나왔다. 월말까지 문을 연다고 하니 7월 31일에 다시 들러서 콩국수를 한 번 더 먹기로 마음먹었다.

나는 용국수가 꽤 목이 좋은 곳에 자리 잡고 있다고, 그래서 망리단길이 가져온 변화의 수혜를 입을 것이라고 막연히 생각했다. 그러나 용국수 주인은 그 자리에서 더 장사하고 싶은 의지가 있으면서도 갑자기 오른 임대료 때문에 밀려나게 되었다. 환갑이 넘었을 그를 힘들게 한 것은 떨어져가는 체력보다도 망리단길이라는 언어로 자신을 포장한 자본이었을 것이다. 사실 내가 갈 때마다 손님이 별로 없었다. 직접 김치와 단무지를 그릇에 담아야 하는 용국수의 문법을 아는 동네 사람 몇몇이 편한 옷차림으로 와서 국수를 먹었다.

망리단길을 걷고 싶어서 온 젊은 사람들은 텔레비전 프로그램에 소개된 맛집 앞에 줄을 서고, 맛있는 커피를 마시기 위해 핸드폰의 지도를 보며 골목을 누빈다. 그러나 용국수처럼 지역민들에게 오랫동안 일상의 공간을 제공해온 가게들이 갑자기 '유리 가가린'이라는 간판을 내걸 수는 없는 일이다. 하얀 바탕에 검은 글씨로 '용국수' 하고 자신의 이름을 새긴 간판을 보면 누구라도 그곳이 국수를 파는 데임을 알 수 있다. 그런 간판은 이제 망리단길에 어울리지 않는다. 용국수를 비롯한 많은 가게가 망원동을 떠났고, 지금도 떠나고 있다. 40년이 된 '행운 사진관'도 세 배 이상 오른 임대료를 견디지 못하고 문을 닫았다.

누군가는 용국수와 행운 사진관 주인에게 "오래 장사하면서 그 건물도 안 사고 뭐 했어요?" 하고 물을지도 모르겠다. 어쩌면 이 변화를 가장 반기는 이들은 당장 임대료를 올려 받을 수 있게 된 '건물주'들일 것이다. 자주 가던 베트남 음식점도 7월을 끝으로 가게를 정리했다. 주인은 서운해하는 나에게 다음과 같이 말했다. "건물주가 바뀌었는데, 아예 땅을 사서 건물을 다시 짓겠대요. 이 경우엔 임대차보호법도 소용이 없다는 걸 이번에 알았어요. 계속 장사하고 싶은데 어쩔 수 없지요, 뭐. 저희는 다른 동네에서 다시 시작할 거예요. 6개월쯤 걸리겠지만 혹시 다시 찾아주시려면 여기에 전화번호를 적어주세요." 수첩에는 자신의 이름과 전화번호를 남긴 손님들의 흔적이 빼곡했다. 나도 거기에 한 줄을 더했다.

7월 31일, 용국수를 찾았을 때는 이미 문을 닫은 상태였다. 바쁘다는 핑계로 마지막 날에야 다시 온 것이 몹시 후회되었다. 그 자리에 어떤 간판을 단 가게가 들어올지는 잘 모르겠다. 나는 다만, 망리단길 끝자락에 용국수라는 작은 국숫집이 있'었'다는 것을 기억하려고 한다.

#2

2017년 여름, 나는 여전히 망원동에서 글을 쓴다. '여전히'라는 부사를 쓸 수 있어서 다행이다. 인근 '카페 홈즈'라는 카페에서 우연히 마주치던 동네 전업작가 K와 친해져서, 서로 원고를 끝낸 날에는 삼겹살에 소주도 함께하곤 했다. 그는 서교동에서 나고 자란 사람이어서 동네 이야기를 하면서 빠르게 가까워졌다. 그런데 그런 그가 이사를 갔다. '전세금을 방어하지 못했다'고 했다. 주변 시세보다 싼값에 전세를 내어주고 한동안 임대료를 올리지 않던 건물주가 이번에는 인상을 요구했다는 것이다. 어디로 가야 할지 고민하는 그에게 공항철도가 있는 계양이나 검암, 6호선이 지나가는 증산과 응암, 2호선 문래 같은 곳은 어떻겠느냐고 물었다. 그는 "여기에서 평생 살아 그런

지 다른 곳에서 사는 건 상상이 안 가요." 하더니 몇 블록 떨어진 골목의 빌라에 가까스로 정착했다. 평수가 줄어든 탓에 책도 많이 버렸다고 했다. K가 집을 알아보던 시기에 카페홈즈도 문을 닫았는데, 다행히 망원역에서 조금 떨어진 곳에 다시 자리를 잡았다. 역시 임대료 때문이었다. 다들 저마다 버터내기 위해 분투하지만 누군가는 밀려나고 만다. 한 사람과 한 공간의 이주를, 여전할 수 없는 당신들을 지켜보며 몹시 서글펐다.

망원동만의 문제는 아닐 것이다. 홍대입구-상수/연남-망원으로 이어진 이주와 변화의 물결은 그 주변으로도 조금씩 확장되는 것 같다. 성산동도 주택가와 좀 더 가까운 거리에 작은 상점들이 하나둘 들어서기 시작했다. 작고 예쁜 간판을 단 카페와 술집과 미용실들이 생겨났다. 지난해 성산동에 있는 '도쿄 총각'이라는 일본식 주점에서 술을 마시다가 주인 얼굴이 왠지 낯익어 말을 걸었다. 알고 보니 고등학교 동창이었다. 그도 내가 반가웠는지 밖에 나가 담배나 한 대 피우자고 했다. 나는 그에게 "너 고등학교 때 화장실에서 자주 피웠잖아. 내가 다 봤다." 하고 말했다. 우리는 쿡쿡, 웃었다. 그는 "나도 버티고 있는 거지, 힘들다. 저기는 결국 못 버티고 얼마 전에 가게 내놨어." 하고 말했다. 그의 말대로 옆자리 카페는 이미 가게를 정리한 상태였다. 그 와중에 새로 들어오는 가게들도 있었다. 근처의 구 마포구청 자리에는 큰 도서관이 들어설 예정이다. 그 주변으로 공사 중인 가게들이 많다. 시계태엽이 잠시 멈추어 있던 공간이지만, 이제 곧 그 밀린 시간을 보상받기 위해 빠르게 풀려나갈지도 모르겠다.

성산동과 상암동에서 더 북쪽으로 올라간 증산, 새절, 응암에도 6호선 라인과 불광천을 따라 변화의 바람이 불고 있다. 특히 불광천변과 그 주변 골목에는 나와 비슷한 나이의 젊은 사장들이 차린 가게들이 많이 생겼다. 얼마 전에는 이십대 청년 둘이 망원동에서 피자 가게 자리를 알아보다가 결국 새절역 근처로 정하는 것을 보았다. 그들은 망원동이 비싸기도 하지만, 웬만한 실력으로는 자리 잡기 힘들 것이라는 이야기를 나누었다. 아무래도 청년들의 도전의 무대가 되기에는 망원동 문턱도 많이 높아진 모양이다.

내 주변에서 많은 변화가 일어나고 있다. 단순히 도로가 넓어지고 지하철역이 생길 때는 조금 더 나은 삶을 살 수 있을 것으로만 기대했다. 그러나 그 이후의 변화들은 그 공간에서 오래 살아온 사람들의 여전함을 빼앗아 가는 방식으로 이루어지고 있다. 함께 망리단길을 걸으며 사진을 찍던 S는 '호시절'이라는 가게의 간판을 보고는 "여기도 이제 호시절이 갔구나…." 하면서 카메라 셔터를 눌렀다. 글쎄, 호시절이 언제였는지 모르겠다. 시간이 흐른 뒤 2017년의 망리단길을 호시절로 추억하게 될까. 나는 잘 모르겠다. 어제처럼 오늘도 여전한 당신들이 없다면, 이 시절이 그저 추억으로만 남지는 않을 것이다.

나에게 성산동과 망원동은 어린 시절부터 많은 이와 함께 쌓아 올린 추억이 스민 공간이다. 누구에게나 그러한 공간이 있고, 우리는 그곳을 '고향'이라고 부르기도 한다. 어느 동네에나 안경점과 갈빗집과 시장이 있다. 그러나 망원우체국 사거리에 서면 스마트 안경점에서 아홉 살 김민섭이 입을 삐죽 내민 채 마음에 드는 안경을 고르고 있고, 청기와 갈비에서는 지금 내 나이의 아버지가 나와 동생에게 잘 익은 고기를 잘라주고 있는 모습이 보인다. 망원시장에서 나온 삼십대 중반의 어머니는 한 손에 장바구니를 든 채 맞은편 건널목에서 신호를 기다리고 있다. 성미산자락에 아직도 그대로 있는 진성연립을 지나칠 때면 외할머니가 지하실에서 연탄불에 몇 시간을 고아낸 곰국이 담긴 들통을 들고 계단을 오르고, 저기 어디쯤에서는 외할아버지가 친구들과 함께 소주를 궤짝으로 마시고는 홍얼홍얼, 붉게 달아오른 얼굴로 걸어온다. 지금의 나를 만든 가족, 친구, 이웃이 골목 여기저기에서 그 시절 그 모습으로 내게 손을 흔드는 것이다.

망원동으로 잠시 돌아온 나는, 한동안 그 추억을 먹으며 지냈고 완전한 이주를 꿈꾸기도 했다. 내 아이들이 서로의 손을 잡고 나와 동생이 걸었던 성미산 길을 따라 등교하는 상상을 했다. 그러나 나는 스무 살에 망원동을 떠나며 제대로 건네지 못한 작별인사를, 이번에는 제대로 해야 할 것만 같다. 아이들은 어디에 있든 저마다의 망원동을 만들어갈 것이다. 나는 그 곁에서 그들의 추억 속에 함께 존재하는 편을 택하기로 한다.

어쩌면 망원동은 모두의 추억 속에서 간신히 버텨내고 있는지도 모르겠다. 망리단길에서 시작된 변화의 물결을 바라보며 나는 이미 망원동이라는 공간에 작별을 고했다. 어린 시절의 기억들은 옅어져

가고 그 자리를 추억이 대신한다. 저마다 마음에 간직하고 있을 고향이라는 곳들이 대개 그럴 것이다. 여전하기만을 바라는 것은 욕심일지도 모른다. 그래도 한 공간의 변화는 그곳에서 살아온 사람들을 존중하고 배려하는 가운데 일어나야 한다. 바뀐 거리의 이름과 풍경이 그곳의 삶까지 바꾸어버리면 안 되는 것이다. 지금의 망원동이 20년 후에도 다음 세대의 추억에 남을 수 있기를 바란다.

"안녕히, 나의 망원동."

나는 짧은 인사를 건네고 추억의 주머니를 다시 묶는다. 그리고 이전과는 조금 다른 눈으로 망원동의 변화를 섬세히 지켜보기로 한다. 내가 무엇을 할 수 있을지는 잘 모르겠지만, 내 아이를 닮은 망원동의 아이들이 이곳을 소중한 고향으로 간직하도록 조금의 힘을 보태고 싶다. 그러면 언젠가 다시 "안녕?" 하고 반갑게 인사를 건넬 수 있을 것이다.

에필로그

이 책은 망원시장에서 닭강정이나 튀김 같은 간식을 사 먹으며 정말이지 즐겁게 쓸 수 있을 거라 생각했다. 그러나 마냥 즐겁지는 않았다. 기억을 한 조각씩 꺼낼 때마다 그 무게가 꽤나 묵직했다. 특히 망리단길이라는 낯선 변화를 어떻게 풀어내야 하는지가 글을 쓰는 내내 마음에 걸렸다. 여전히 그곳에서 삶을 살아내는 누군가에게는 상처가 될 수도 있을 것 같아서였다.

처음에는 성미산에 얽힌 추억을 꼭 담고 싶었다. 아주 어린 시절부터 잠자리를 잡으러, 연을 날리러, 가끔은 꿩을 잡겠다고 친구들과 뛰어 놀던 공간이다. 하지만 배수지 건설부터 사학재단의 학교 설립에 이르기까지, 성미산을 지키기 위해 싸워온 성미산마을 사람들의 이야기를 따라가다가 고민 끝에 쓰지 않기로 했다. 그들이 싸우는 동안 나는 추억만을 가진 외부인으로 존재했기 때문이다. 어디든 마찬가지겠지만, 성미산은 특히 더 그렇다.

"성미산마을은 내 아이가 앞으로 어떤 인생을 살아간다 하더라도 언젠가 연어처럼 다시 돌아와 위로받을 곳이고, 그 안에 성미산이 있기 때문이다."*

나는 성미산마을을 잘 모른다. 하지만 성미산은 내게 "연어처럼 다시 돌아와 위로받을 곳"이다. 다시 찾은 성미산이 이만큼의 모습을 유지하고 있는 건 많은 이의 눈물이 있었기 때문일 것이다. 그것을 감사히, 오래 기억하려고 한다.

글을 쓰는 동안 지난날의 기억과 추억들을 나홀로 쌓아 올리지 않았음을 알았다. 그것은 망원동 혹은 성산동이라는 같은 공간에서 함께 삶을 살아간/살아가는 모두가 만들어낸 것이었다. 그래서 『나는 지방대 시간강사다』나 『대리사회』 때만큼이나 울고 웃으며 이 글을 썼다. 그에 더해 모든 공간에는 누군가의 소중한 추억이 묻어 있음을, 그리고 묻게 됨을 알았다. 건물을 부수고 새로운 간판을 다는 일만큼이나 그 삶과 추억을 보존하는 일 역시 중요하다. 어떻게 접근하느냐에 따라 개발은 단절과 상처가 되기도 하고, 연속과 치유가 되기도 한다.

이 글을 읽은 당신이 누군가에게 당신만의 소중한 공간에 관한 서사를 들려줄 수 있으면 좋겠다. 어

*   윤태근, 『성미산마을 사람들』, 북노마드, 2011

쩌면 당신은 도시를 온전한 자신의 고향으로 기억하는 1세대일지도 모른다. 그 기억과 추억들은 모두 하나의 기록과 역사가 되고, 그 공간을 조금 더 연속시키는 데 도움을 줄 것이다. 이 글을 쓰는 동안 내가 그랬듯 당신을 둘러싼 공간에 대한, 마을과 도시에 대한 고민을 시작할 수 있기를 바란다.

나를 만든 세계, 내가 만든 세계
'아무튼'은 나에게 기쁨이자 즐거움이 되는,
생각만 해도 좋은 한 가지를 담은 에세이 시리즈입니다.
위고, **제철소**, **코난북스**, 세 출판사가 함께 펴냅니다.

아무튼, 망원동

초판 1쇄 2017년 9월 25일
초판 5쇄 2022년 7월 1일
지은이 김민섭
펴낸이 김태형
펴낸곳 제철소
출판등록 제2014-000058호
전화 070-7717-1924
팩스 0303-3444-3469

right_season@naver.com
instagram.com/from.rightseason

ⓒ김민섭, 2017

ISBN 979-11-88343-02-7 02810